双葉文庫

十津川警部の休日

西村京太郎

JN210845

目次

十津川警部の休日

友の消えた熱海温泉

1

十津川が訪れた三月十五日、熱海《あたみ》は、ヒガンザクラが満開だった。

温泉ブームのこの頃だが、熱海は、有名になりすぎてしまって、嫌いだという人もいる。だが、十津川の高校時代の友人で、現在、新進の画家として名前の売れてきた本山仁《もとやまじん》は、春になると必ず、サクラの写生に、熱海に出かけていく。泊まる旅館も、律儀にいつも同じだった。

その本山から、絵はがきが届いて、

〈十津川兄
小生、三月二十日まで、当地に滞在するので、一夕《いっせき》、こちらで夜ザクラを賞《め》でながら、酒でもいかが？

熱海R館にて　　本山　仁〉

と、書かれてあった。

十津川は、一日だけ休暇がとれたので、昨日R館にいる本山に電話を入れ、明日の午後そちらにいくと、伝えたのである。

熱海にいる本山を訪れるのは、今回が初めてだった。

久しぶりに旧友に会う楽しさも、もちろんあったが、そのほかに、画家としての本山の仕事を見る楽しみもあった。

熱海駅に降りるのも、何年かぶりである。駅前の景色は、ほとんど変わっていなかった。山と海にはさまれた熱海の町は、大きく発展のしようがないのかもしれない。

それでも、海に向かって坂道をおりていくと、リゾートマンションが増えているのがわかった。高層化したホテルも、多くなっている。

そのあと、国道135号線を、伊豆山《いずさん》神社のほうへ、十津川は歩いていった。北条政子《ほうじようまさこ》と源頼朝《みなもとのよりとも》の出会いで有名な、朱色の逢初橋《あいぞめばし》をわたると、伊豆山神社の石段が見えてくる。石段の両側に植えられたサクラは、満開だった。

さらに、しばらく歩くと、右手にR館の入口が、見えた。

いかにも本山が好きそうな、落ち着いた和風の旅館である。

竹矢来《たけやらい》に沿って歩くと、格子の玄関にぶつかる。

案内は、木魚《もくぎょ》になっていた。それを叩き、出てきた仲居に名前を告げると、

「本山先生から、伺っています。十津川さんが見えたら、お部屋でお待ちいただくようにとのことです」

と、いわれた。

板敷の廊下を案内されながら、

「彼は、出かけているの？」

と、十津川は、仲居にきいた。

「二時間半ほど前に、外出なさいました。間もなく、お帰りになると思いますよ」

「サクラの写生にいったのかな？」

と、十津川は、呟いた。さっき通ってきた伊豆山神社のサクラを、描きにいったのかもしれない。

部屋に通された。

広くて、部屋は三つあり、檜《ひのき》の大きな風呂もついていた。これなら二人で楽に泊まれるだろう。

「ごゆっくり」

と、いって、仲居は消えた。

十津川は、窓の外に目をやった。竹林が広がり、その向こうに満開のヒガンザクラが植えられている。目を遠くに走らせると、海が見えた。

ガラス窓を開けると、波の音がきこえてきた。

十津川は籐椅子《とういす》に腰をおろし、煙草に火をつけてから、窓の外の景色に見とれた。

サクラの枝に、緑色の羽の小鳥がとまって、花の蜜を吸っている。海の方向は、ゆるい坂になっている。波の音以外は、何もきこえてこない。

（静かだな）

と、思った。

十津川の忘れていた静けさだった。

その静けさを楽しんでいるうちに、十津川はいつの間にか眠ってしまった。

目を覚ますと、テーブルの上には、お茶とお菓子が並んでいた。さっきの仲居が、持ってきてくれたらしい。

窓の外には、夕暮が近づいていた。

腕時計を見ると、五時近くなっていた。ここに着いたのが、三時頃だから、二時間ばかり寝てしまったのだ。

（本山は、帰ったのだろうか？）

だが、本山が帰ったのなら、十津川を起こしただろう。

五時半になると、仲居がきて、

「本山先生に、今日の夕食は、六時に出してくれといわれているんですが、それでよろしいですか？」

と、きいた。

「彼は、まだ帰っていないみたいだね？」

「はい。でも、ご夕食までには、お帰りになると思いますわ」

「それなら、六時に夕食でいいよ」

と、十津川は、いった。

「芸者さんも、六時でよろしいですか？」

「芸者？」

「ええ。本山先生が、呼んだ芸者さんです」

「それなら、六時に頼むよ」

と、十津川は、いった。

外は、もう暗くなってしまった。十津川は浴衣《ゆかた》に着がえ、丹前を羽織って、部屋を出た。

階段をおりたところに、大浴場があると、教えられたからである。階段のところどころに、ぼんぼりが置かれて、足元を照らしている。今日は、泊まり客が少ないのか、浴場は、すいていた。

十津川は、ゆっくりと温泉につかり、部屋に戻ると、テーブルの上に、湯どうふの鍋や、ビールなどが、並べられていた。

だが、本山は、まだ、帰っていなかった。間もなく、六時になる。

「遅いな」

と、十津川が呟くと、仲居も、

「遅いですねえ。お客さんが、お見えになるのもしってるはずなのに」

と、いった。

六時になると、芸者のほうが、先にきてしまった。三十歳くらいの小柄な芸者で、三味線を持った地方《じかた》さんも一緒だった。

万利香《まりか》というその芸者は、入ってきて、部屋を見回してから、

「先生は？」

「間もなく帰ってくると思う。君は、時々本山に呼ばれてるの？」

と、十津川は、きいた。

「時々ね。去年も、ちょうど、今頃呼んでもらいましたよ」

と、万利香は微笑していい、十津川にビールを注いだ。

「お客さまは、本山先生のお友だち？」

と、六十歳くらいの地方さんが、きく。

「学生時代のね」

「あの先生って、本当に画家なんですか？」

「ああ。いい絵を描くよ。なぜ？」

と、十津川は、きいた。

「毎年、今頃、サクラを描きにきてらっしゃるみたいだけど、一度も、絵を見たことがないから」

と、地方さんは、いう。

「スケッチだけして、東京に帰ってから、作品に仕あげるんだと思うがね」

「でも去年そのスケッチブックに、何も描いてなかったんですよ。こっそり、見ちゃったんですけどね。今年も、描いてないんじゃないかしら」

「そりゃあ、芸術家というのは、気まぐれだから」

と、十津川は、あいまいにいった。

本山は、なかなか帰ってこない。

間がもたないので、万利香が踊ってくれることになった。

伊豆らしく、唐人お吉という踊りだった。日本舞踊に不案内な十津川には、ストーリイは、わかっても、うまいのかへたなのか、よくわからなかった。

それが終わってしまうと、肝心の本山が帰らないので、話もはずまなかった。

それよりも十津川は、本山のことが心配になってきた。芸術家は気まぐれな者が多いらしいが、それでも、今日、十津川がくるのがわかっていて、午後七時を回っても、帰ってこないというのは、おかしい。

(何か事故があったのではないか?)

と、十津川は考え、芸者と地方に帰ってもらうと、旅館の自転車を借りて探しにいくことにした。

まず、伊豆山神社へいってみることにした。

旅館から近い場所だし、本山がそこへ写生にいっていることも、考えられたからである。

伊豆山神社のサクラは、きた時に見ていたが、夜になっていってみると、ライトアップされている。これなら、夜ザクラのスケッチをしていることも考えられると思いながら、自転車を降り、八百段といわれる石段を登っていった。

東京と比べると、暖かい。が、伊豆山神社にはわずかな人しか見られなかった。

十津川は、ゆっくり石段を登りおりして、本山を探したのだが、見つからなかった。

そのあと、海岸を探したり、糸川周辺の熱海の飲み屋街などにもいってみたが、本山の姿はなかった。

十時すぎにR館に帰ったが、本山はまだ帰っていない。

旅館のおかみさんも心配して、警察に捜索願いを出しましょうかといった。が、明日まで待ってくれと、十津川はいった。

十津川が本山に前に会ったのは、三年前の銀座で開かれた彼の個展の時である。その時、本山がいった言葉で、印象に残っているのは、

「酒だけ、強くなったよ」

と、いうものだった。

もちろん照れていったのだろうが、その時の本山の顔色が悪かったのが、十津

川には気になった。

酒で、肝臓を悪くしているのではないかと、思ったからである。

そのことを思い出し、十津川は、こんなふうにも考えてみた。今日、本山は外出して、偶然画家仲間にでも、会ったのではないか。その友人に酒に誘われ、断り切れず飲んでいるうちに、泥酔して、その友人のところで、眠くなってしまったのではないか。

そして、明日の朝になって目を覚まし、ひどい二日酔いの頭で、高校時代の友人がきていたことを思い出す――。

十津川は、そんなストーリイを勝手に考えて、床に就いた。

翌朝は、雨だった。

窓の外のサクラが、雨に濡れている。

午前八時に、朝食が運ばれてきた。

「本山先生は、どうなさったんでしょうね？」

と、昨日の仲居が、心配そうにいった。

「彼は、こんなことが、よくあったの？」

と、十津川は、きいた。

「こんなことって、どういう？」

「旅館を出たまま、朝になっても帰らないことだが」

「いいえ。初めてですよ」

「しかし、酒はよく飲んでいたんだろう？」

「ええ。よくお飲みですよ。あれじゃあ、体をこわすと思って、ここのおかみさんも心配なさってますけどねえ」

「それなら、昨夜はどこかで、酔っ払ってしまったんだと思うよ」

「そうでしょうか？」

「たぶん、二日酔いで、帰ってくるさ」

と、十津川は、いった。

だが、十津川の希望的な予測は、外れてしまった。

午前九時をすぎても、十時をすぎても、本山は旅館に戻ってこなかった。

十津川も、いつまでも彼を待っているわけには、いかなかった。

旅館のおかみには、熱海警察署に捜索願を出すようにいってから、十津川は新幹線で東京に戻ることにした。

警視庁に顔を出したのは、昼近かった。幸い、捜査一課が出動しなければならないような事件は、起きていなかった。

上司の本多捜査一課長に、今日、遅れた理由を説明した。

「芸術家というのは、気まぐれだからな」

と、本多は、そんないい方をした。どういったらいいか、わからなかったのだろう。

「正直にいって、最近の本山のことは、よくわからないのです」

「心配なら、休みをとって、もう一度、熱海へいってきたらどうだ?」

「大丈夫です。あいつだって、いい大人ですから」

と、十津川は、いった。

「奥さんは、心配しているだろう」

「三年前に会った時に、別居したと、いっていました。自分のわがままで。その後のことは、しりませんが――」

と、十津川は、いった。

「別居? 離婚したわけじゃないのか?」

「そこのところも、よくわかりません」

と、十津川は、いった。

午後二時を回った時、世田谷区成城《せいじょう》で殺人事件発生のしらせが入り、十津川は、亀井刑事たちと急行した。

七階建てのマンションの602号室で、女が殺されているというしらせだった。

〈藤原由美《ふじわらゆみ》〉

と書かれた小さな紙が、602号室の入口に貼られていた。

十津川は、それをちらりと見てから、なかに入った。奥の八畳の広さのリビングルームの、絨毯の上で、女が死んでいた。

首に、黒っぽいロープが食いこんでいる。白いカシミヤの上衣に、小さな血痕が飛んでいるのは、首を絞められた時、鼻血が噴き出したのが、付着したらしい。

「死んだのは、昨夜の十一時前後だね」

と、検視官が、十津川にいった。

死体の発見者は、このマンションの管理人だった。

「三十分ほど前に、男の人の声で、電話があったんですよ。602号室の女性の様子が変だから、見てきてくれというんです。それで、マスターキーでこの部屋を開けたら、ごらんのとおりで、すぐ一一〇番したんです」

と、管理人は、蒼い顔でいった。

「そのあとは？」

と、十津川は、きいた。

「そのあとは、警察の方が、やってきて――」

「そうじゃないよ。電話の男には、しらせたのかということだ」

と、亀井が怒ったような声で、いった。

「それなら、私が、しらせようと思ったら、もう電話は切れていましたよ」

「若い男の声でしたか？」

と、十津川が、きいた。

「さあ、若い男の人だったような気もするし、中年の感じでもあったし――」

「602号室の女性の様子がおかしいと、いったんですね？」

「ええ」

「そのほかには？」

「それだけですよ」

「女性の名前は、いわなかったんですか？　６０２号室の藤原さんの様子が、おかしいとは」

「６０２号室の女性としかいいませんでしたね」

「彼女は、何をしている人ですか？」

「確か、秘書みたいな仕事をしているんだと、きいたことがありましたね」

「秘書ね」

と、うなずきながら、十津川は改めて室内を見回した。

絵が好きなのか、壁には絵が三枚かかっていた。

（おや？）

と、十津川が眉を寄せたのは、三枚とも、どこかで見た気がしたからだった。

その一枚の、奥入瀬《おいらせ》の紅葉を描いた絵に顔を近づけると「ＭＯＴＯＹＡＭＡ」のサインを読み取ることができた。

他の二枚の風景画にも、ＭＯＴＯＹＡＭＡのサインがあった。

（三年前の、彼の個展で見た絵なのだ）

と、十津川は、思った。

その絵を三点、この被害者は買って持っていたのか。

とすると、被害者は絵が好きというより、本山のファンなのかもしれない。

（いや、それ以上なのではないのか——）

十津川は、あわてて廊下に出ると、藤原由美という表札を、もう一度見た。

由美という名前に、記憶がある。確か、本山の妻の名前が、由美だった。

十津川は、本山の結婚式には出ていないのだが、結婚をしらせる手紙に、確か、由美という名前があった。

別居して、旧姓の藤原に戻したのか。

十津川は、部屋に戻り、自分の推理を、確認できるものを捜した。

ダブルベッドの置かれた寝室に入り、三面鏡の引き出しを、ひとつずつ開けていくと、一番下の引き出しから、額に入った写真が見つかった。

結婚式の写真である。女は、被害者で、男のほうは、やはり本山だった。

自分の推理が適中した喜びよりも、

（ひょっとすると、殺したのは、本山ではないのか？）

という不安が、先に、十津川に襲いかかってきた。

2

室内は、荒らされていない。桐ダンスの鍵のかかる引き出しには、現金が百二十万と、宝石類がそのまま、残っていた。

誰が見ても、行きずりの犯行とは考えられず、顔見知りの犯行と思うだろう。

「去年まで被害者は、本山由美という表札を出していたそうです」

と、西本刑事が、十津川にしらせた。管理人や同じ階の住人が、証言しているという。

「そりゃあ、去年の暮れに、本山という男と、正式に離婚したんだろう」

と、亀井が、いった。

「旧姓に戻ったということですか？」

「ああ。そうだ」

「そうなると、前の夫にも、話をきく必要がありますね。向こうが、未練があって、わかれ話のもつれで、殺すというケースが、よくありますから」

「警部は、どう思われますか？」

と、亀井が、十津川を見た。

「カメさん。ちょっと」

と、十津川は、相手の手を引っ張るようにして、廊下へ連れ出した。

「実は、被害者の夫を、よくしってるんだ」

十津川が小声でいうと、察しのいい亀井は、

「昨日、熱海に会いにいかれた画家の本山さんですか」

「そうなんだ」

「どうしますか？　しばらく、被害者の夫のことは、伏せて、捜査を進めますか？」

「いや、どんどん、進めてくれていい。そのほうが、私としても、助かるんだ」

と、十津川は、いった。

「そうか」

と、亀井は、ひとりでうなずいて、

「昨日、警部が、熱海で本山さんに会って、一緒に泊まられたのなら、彼のアリバイは成立して、シロということになりますね。被害者が殺されたのは、昨夜の十一時頃ということですから」

「それが、違うんだ」

十津川は、本山に会えなかったことを話した。

「それは、うまくありませんね」

と、亀井が、顔を曇らせた。

「そうなんだ。シロどころか、容疑は濃くなってしまっているんだ」

十津川は、怒ったような調子でいった。なぜ昨日、本山が旅館に帰らなかったのかと、そのことに腹が立ってもいるのだ。

「それで、どうされますか？」

と、亀井が、きいた。

「カメさんたちは、いつものとおり、捜査を進めてほしい。私に対して何の遠慮もいらない」

「警部は、どうされますか？」

「ひとりで、もう一度、熱海へいってくる。本山に会って、友人として話をきいてみたいんだよ。もちろん、犯人と思えば、その場から東京へ連れ戻す」

「わかりました」

「三上刑事部長には、カメさんからよくいっておいてくれないか」

「それも、了解しました」

亀井は、にっと笑って見せた。

十津川は、その場からひとりで東京駅に向かい、新幹線に飛び乗った。

車内に入ってから、熱海のR館に電話をかけた。

電話口に出たおかみは、

「本山先生は、まだお帰りになりません。心配で、今日もこれから、探しにいこうと思っているんですよ」

と、いった。

「彼から、電話もかかってきませんか?」

「ええ。かかってくれば、少しは安心できるんですけどね」

と、おかみは、いった。

熱海に着くと、十津川は、小雨のなかをR館に急いだ。

旅館のほうでは、本山の泊まっていた部屋を、そのままにしておいてくれた。

十津川は部屋に入ると、本山の所持品を調べてみることにした。

少し大きめのボストンバッグと、スケッチブックが一冊、ほかに二百万円を帳場に預けていた。十日間逗留《とうりゅう》する予定だったということだから、そのくらいの金は必要だと考えていたのだろう。

十津川は、ダンヒルのボストンバッグのほうを、まず開けてみた。

着がえの下着、洗面具、寒かったら着るつもりだったということなのかセーター、EEカメラ、布製の帽子、市販されている肝臓薬と、胃腸薬、デッサン用の鉛筆。

これといって、大事な物は入っていない。

十津川は次に、スケッチブックを広げてみた。

何も描いてない白いページが続く。

去年も、スケッチブックに何も描いてなかったという、昨日の地方さんの言葉を、十津川は思い出していた。

四年前から本山は、この熱海に、三月になると、サクラを描きにやってきていたはずである。それなのに、サクラはスケッチしていなかったのだろうか？

さらに、十津川がページを繰っていると、突然、女性の顔のデッサンにぶつかった。

スケッチブックにあったのは、そのデッサンだけだった。

別居中の妻の由美の顔ではなかった。二十二、三歳に見える女の顔だった。目が大きく、唇をきっと結んで、何か怒っているように見える表情に描かれている。

十津川は、仲居にきてもらって、そのデッサンを見せ、

「この顔の女性をしらないかね?」

と、きいた。ひょっとして、この旅館で働く女性のひとりを描いたものではないかと思ったからだった。

仲居は、じっと見ていたが、

「見たことのない顔ですよ」

といい、念のために、おかみさんにも見てもらってくると、スケッチブックを持っていった。

二十分ほどして戻ってくると、

「おかみさんも、しらない顔だと、いっていました」

と、いって、十津川に、返した。

十津川としても気になるデッサンだったが、これがいつどこで描かれたのかもわからないため、これ以上調べようがなかった。あとはFAXで東京に送り、亀井たちに、本山の友人にでもきいてもらうより仕方がないだろう。

十津川は、ボストンバッグのなかにあったEEカメラに、何が写っているかもしりたくて、フィルムを持ち出し、帳場へ持っていき、近くのDP屋に頼んでくれるようにいった。

部屋に戻り、もう一度見回して目に留まったのは、文机《ふづくえ》の上にのっている和綴《わと》じのノートだった。

泊まり客が、好きなことを書いていくものである。

広げてみると、雰囲気も食事も素晴らしかった、またきたいといった言葉もあれば、久しぶりに、二日のんびりとすごし、命の洗濯ができたと書きつけている人もいる。

最後のページに、本山が墨で書いていた。

〈絶えず、後悔しつづけるのが、人間なのだろうか。

悔いのない人生というものがあるのだろうか。これは、勇気の問題だろうか。

三月十四日　　　本山　仁〉

それが、本山の書きつけた言葉だった。

このノートには、十五、六人の泊まり客が思い思いの言葉を書いているのだが、本山以外のものは、旅の思い出である。

それを俳句にして、書きつけている人もいる。が、いずれにしろ、本山の書いた言葉は、このなかでは異様だった。

十津川だって、後悔することはいくらでもある。

だが、旅館に置かれたノートに、それを書いたりはしない。書いたところで、どうなるものでもないからだ。

十津川のしっている限り、本山は神経の細かい、内向的な性格の男である。

そんな男が、旅の思い出を書きつけるノートに「絶えず、後悔しつづけるのが――」みたいな言葉を書きつけるのは、不思議な気がした。

十津川は、考えこんでしまった。

本山は、彼の言葉を信じれば、サクラのスケッチに、熱海にやってきていたことになる。それも四年前から、恒例になっていたことである。

そして同じ旅館に泊まり、酒を楽しみ、温泉につかり、時には芸者を呼んでいる。

仕事を楽しんでいる感じがする。犯罪者を追いかけるのが仕事の十津川から見れば、羨《うらや》ましい限りなのだ。

そんな本山が、なぜ旅館のノートにあんな言葉を書いたのだろうか。この言葉をどう受け取ったらいいのか。

十津川は、窓の外に目をやった。細かい雨が、まだ降り続いている。

間もなく、陽が暮れるだろう。

(三月十四日か)

と、十津川は、呟いてみる。

十津川がくる前日である。彼が本山に電話して、明日いくと告げた日でもある。

ノートの言葉は、十津川が電話する前に書いたのか、それとも電話のあとで書いたのかと、十津川は考える。

前とあとでは、受け取り方が違ってくるからだった。

前なら、本山が書いた言葉は、それほど重要視しなくてもいいだろうが、あとだということになると見方は変わってくる。

(ひょっとすると、ノートの言葉は、あとで俺に見てもらいたくて、本山が書きつけたものではないのだろうか?)

と、十津川は、思った。

十津川が、十四日に電話したあと、本山は十五日には、自分がいなくなる事態を予想し、十津川に見せる気で、あのノートに言葉を書きつけたのではないだろうか？

一見、とっぴに思える推測だが、十津川には、あり得ないことではないという気がしてきていた。

もしそうならば、本山の書いた言葉の意味を解かなければならない。

十津川は、窓の傍の籐椅子に腰をおろして、本山の書いた言葉を、何度も読み返した。短い言葉だから、すぐ暗記してしまった。

ただ、短いが、意味がわからない。本山が何を伝えたかったかがわからなければ、何の役にも立たないのだ。

3

夜の八時すぎに、亀井から電話が入った。彼にだけ、こちらの旅館の電話番号を、教えておいたのである。

「本山さんに、お会いになれましたか？」

と、亀井が、きいた。

「いや、依然として行方がわからなくて、困っているんだ」

と、十津川は、いった。

「こちらでは、本山夫妻のことが、少しずつわかってきました。彼の友人たちに、私がきいて回ったんですが、二人は、七年前に結婚しています。当時、新進の画家として名前がしれ始めた本山さんの個展を、たまたま藤原由美さんが見にいき、その絵の素晴らしさに感動、二人をしっている人の紹介で、つき合いが始まり、半年後に結婚しています。仲のいい夫婦だと思っていたのに、三年前、突然別居したので、友人たちはびっくりしたといっていましたね」

「子供はいなかったと思うんだが――」

「おりません。それで、簡単に別居ができたんだと思います」

「離婚届は、出ていたのか？」

と、十津川は、きいた。

「それなんですが、被害者が旧姓に戻っていたので、てっきり正式に離婚していると思ったんですが、出ていないんです」

「それなのに、なぜ、彼女は、急に旧姓に戻ったんだろう?」

と、十津川は、きいた。

「わかりませんが、彼女のほうが、きっぱりとわかれる気になった。その意思表示が、旧姓になったことじゃないかと見るむきもあります」

と、亀井は、いった。

「それが、殺人の動機にもつながると、見るわけかね?」

「部長は、そう見ていますよ。夫のほうは、妻の由美がそのうちに家に戻ってくるのを期待していたが、その期待に反して、妻のほうはきっぱりとわかれる気で、旧姓に戻ってしまった。そこで夫は、かっとして、殺してしまったのではないか、とです。わかれ話のもつれというわけです」

「わかれ話のもつれか――」

「よくあるストーリイということです」

「部長の意向だとすると、その方針で捜査を進めるわけだな?」

「そうなりますね」

「本山仁の名前は、もう出ているんだろう?」

「出ています。ただ、行方がわからないということになっています」

「行方不明か？」

「そうです。部長は、犯人だから逃げたのだろうといっています」

「そうだろうな。友人の私だって、彼を疑っているんだから」

と、十津川は、いってから、

「部長は、私がいないことで、何かいってなかったか？」

「きかれましたよ。適当に答えておきましたが、明日も警部がいないとなると、部長のご機嫌がますます悪くなると思います」

「明日の夕方には、そちらに帰るよ」

と、十津川は、いった。

「そのくらいなら、何とか誤魔化せます」

と、亀井は、いった。

「カメさんは、後悔するようなことがあるかい？」

と、十津川は、きいた。

「なんですか？　それ」

「ただ、きいてみたかっただけだよ」

「私なんか、いつも、後悔ばかりしていますよ」

と、亀井は、いった。

「しかし、深刻に悩んではいないだろう？　カメさんは、いつも明るくて、仕事第一だから」

「後悔はしますが、ただ後悔ばかりしていても、仕方がありませんからね。それに自分でも思うんですが、私は刑事というのが好きなんですよ。だから、この仕事をしていることには後悔はありません」

「そうか」

「後悔することが、何か、今度の事件に関係があるんですか？」

と、亀井のほうが、きいた。

「本山は、この熱海へきて、何か後悔することにぶつかったらしいのだ」

「それが、東京の殺人に関係があると、警部は思われるんですか？」

「今のところ、何もわからない。若い女の顔のデッサンのＦＡＸは、受け取ってくれたか？」

「受け取りました。明日になったら、早速聞き込みをやってみます」

と、亀井は、いった。

電話のあと、十津川は眠られぬままに丹前姿で部屋を出ると、館内のバーにいってみた。バーといっても、ホテルの洒落《しやれ》た店ではなく、ここの場合は飲み屋という感じに作られていた。

この旅館のおかみの妹だという女が、ひとりで店を切り盛りしている。

十津川が入っていくと、ちょうど、芸者の万利香がひとりで飲んでいた。

九時からのお座敷が急にキャンセルになってしまったので、飲んでいるのだという。

「ここは、私がおごるよ」

と、十津川はいって、彼女の隣に腰をおろした。

「本山先生、まだ戻らないみたいですねえ」

と、万利香は、心配そうにいう。

「君は、毎年、彼に呼んでもらってたみたいだね」

「ええ。ほとんど、毎年。いつも三月十日にいらっしゃって、二十日まで、ここに泊まるんですよ。その間に、二、三回、呼んで下さるんです」

「彼とは、そんな時、どんな話をしてたの？」

「そうね。たいてい、あたしが一方的にお喋りをして、先生はにこにこ笑いながらきいてることが多いわ。それから、二人で、飲み比べ」

と、万利香は、笑った。

「彼は、よく飲むみたいだね？」

「年々、酒量があがってるみたいね。だから、ちょっと心配してるのよ。四年前に、最初に呼んでいただいた時は、あまり飲まなかったんだけど、何かあるんじゃないかな」

「何かって？」

「面白くないことがあるんじゃないかって。でも、あたしが、あれこれきくわけにもいかないしね。お客さんはお友だちなんだから、何かしってるんじゃないの？」

「いや。この間きたとき、地方のお姐《ねえ》さんが妙なことをいってたね。彼が、熱海で、何も描いてないって」

「あたしも、ずっとそう思ってたの。四年前に初めて呼ばれた時は、スケッチブックを見せてくれたんだけど、そのあと、ぜんぜん見せてくれないのよ。それでお姐さんが、黙ってスケッチブックを見ちゃったんだと思うわ」

と、万利香は、いった。

「君に見てもらいたいものがあるんで、部屋へきてくれないかな。もちろん、花代は払うよ」

と、十津川はいい、万利香を自分の部屋に誘い、仲居に酒を運んでもらってから、例のスケッチブックを見せた。若い女の顔のデッサンである。

「この女性に、心当たりはないかな？」

と、十津川がきくと、万利香は、

「ああ、この絵ね」

「この女性をしっているの？」

「いえ。しらないけど、前にこのスケッチを見たことがあるの。地方のお姐さんが、スケッチブックを見ちゃったって話したでしょう？　その時、お姐さんがこの絵を見つけて、本山先生をからかったのよ。サクラのスケッチにきてるっていうけど、本当はこの女の子に会いにきてるんじゃないのってね。お姐さんは軽い気持ちでいったんだと思うけど、その時、本山先生は顔色を変えちゃって、お姐さんからスケッチブックを奪い取っちゃったのよ。それ以来、先生の前では、スケッチブックのことも、その女の子の絵のことも、禁句になっちゃったの」

「それは、いつのこと？」

「確か、去年だったわ」

「じゃあ、この女のデッサンは、去年もスケッチブックに描いてあったわけだね?」

「ええ」

「彼がずっと熱海にきてるのは、サクラを描くためじゃないというのは、スケッチブックにサクラが描いてないからだけ?」

「それもあるけど、先生は四年間ずっと、三月十日にきて、二十日までこの旅館に泊まっていくのよ」

「それが、おかしいというわけかね?」

「だって、サクラって、寒い年は咲くのがおくれるでしょう? 一昨年《おととし》はすごく春先が寒くて、ヒガンザクラの開花が、一週間から十日ほどおくれたの。それでも先生は、三月十日にやってきたわ」

「それは、東京に住んでるから、十日にはもう咲いてると思ったんじゃないかな?」

「ここのおかみさんがいってたけど、先生から去年と同じく、三月十日にいきたいって電話があったんで、今年はまだサクラは咲いていません、一週間から十日くらいおくれますって、いったんですって。それでも先生は、構わないっていっ

「十日に見えて、二十日まで滞在の予定だと、おかみさんはいってたわ」

と、万利香は、いった。

もし本山が、サクラのスケッチに熱海へきていなかったとすると、何のために毎年三月十日から二十日まで、熱海にきていたのだろうか？

今の十津川に想像がつくのは、スケッチブックに描かれていた女性のデッサンに、関係があるのではないかということだけだった。

だが、その先がわからない。

いや、まったく想像がつかないわけではなかった。勝手な想像なら、いくらでもできる。

例えば、本山はこの熱海にきて、サクラのスケッチをしている時、偶然、彼女に出会った。芸術家らしく一目惚《ひとめぼ》れして、もう一度彼女に会いたいと、毎年三月十日になると、熱海にやってきていた。当然、妻の由美との仲は、おかしくなる。それで別居。

だが、この別居に、妻が納得するはずはない。だから離婚届には、印を押さなかった。今年の三月十五日、本山は外出して、また彼女に会った。そして、一層、気持ちが彼女に傾いた。十津川が旅館に待っていることなど、すっかり忘れてしまって、彼は東京に引き返すと、妻の由美に会い、正式に離婚してくれと頼んだ。だが妻のほうは、そんな勝手ないい分があるかと怒って、拒否する。かっとした本山は、思わず、妻の首を絞めてしまった。

こんな推理は可能だし、スケッチブックの女のデッサンが公になれば、誰もが妻殺しの動機が見つかったと考えるだろう。

(まずいな)

と、十津川は、思った。

「先生、どこへいっちゃったのかしらねえ」

と、万利香が、酔いの回った声でいった。

「君にはぜんぜん、想像がつかないか?」

と、十津川は、きいた。

「わかんないよ。でも、あの先生、わがままだけど、いい人なのよ。優しくて、気が小さくてね」

「気が小さいか?」

「ええ。気が小さいの、あの先生。だから、余計心配なのよ。ひょっとして、死んじゃってるんじゃないかと思って」

「縁起でもないことをいうなよ」

「あの先生、気が小さいから、お客さんが待ってるのをしってて、何の連絡もしないなんて、考えられないじゃないの。だから、ひょっとして、死んじゃってるんじゃないかと思って」

「少し酔ってるな」

「腹が立ってるのよ。あの先生、あたしのことが好きなんだと思ってたら、あんな女の子がいたなんてねえ。あの子と、心中でもしちゃったんじゃないかしら」

万利香の言葉は、だんだんエスカレートしていく。完全に、酔っ払ってしまった感じだった。

そんな万利香を、何とか帰してから、十津川は東京の亀井に電話をかけた。

「明日、カメさんにも熱海にきてほしい」

「三上部長には、何といいましょうか？　警部だけでなく、私までいなくなると、怒り出すと思います」

「被害者の夫が、毎年三月中旬に、熱海にサクラを描きにいくことがわかったといってくれ。それで、部長も納得するだろう。私がその情報を確認して、先に熱海にいっているといってくれれば、君のことも、納得してくれるだろう」

「わかりました。明日早く、そちらにいきます」

と、亀井は、いった。

翌十七日、十津川は、熱海駅まで亀井を迎えに出かけた。ヒガンザクラは昨日の雨で、あらかた散ってしまった。

駅前の喫茶店に亀井を案内し、こちらで今までにわかったことを話した。

「三日間、行方不明ですか」

亀井は、溜息まじりにいい、十津川の示したスケッチブックの女のデッサンを見た。

「その女が、本山の失踪に関係しているような気がするんだよ」

と、十津川は、いった。

「本山さんは、警部のクラスメイトなわけだから、四十歳ですね」

「ああ。そうだ」

「この絵の女は、どう見ても二十代の前半ですね。ひと回り以上年下の女に夢中になって、奥さんを殺し、彼女と一緒に逃亡――」

「おい。カメさん」

「三上部長なら、必ずそう考えますよ」

「いや、部長だけじゃない。誰もがそう考えるだろうね」

「問題は、当日、十五日の本山さんの行動でしょう。司法解剖の結果、被害者の死亡推定時刻は、十五日の午後十時から十一時の間とわかりました。その時間に、本山さんが、熱海にいたことがわかれば、アリバイ成立です」

と、亀井は、いう。

「それでカメさんにきてもらったんだよ。私ひとりでは、熱海の町を聞き込みに回るのは不可能だからね」

十津川は、本山の顔写真を亀井に見せ、

「旅館の話だと、彼が出かけたのが昼の十二時半頃で、昼食を食べにいってくるといったそうだ。本山はいつも昼食を食べに出て、少し散歩して帰ってくるので、旅館の人たちは別に怪しみもしなかったといっている。その時の本山の服装は、ブルーのワイシャツにグレーの背広で、ネクタイはしていなかった。スケッチブックは持っていなかったといっている」

「誰かに会うといった感じの格好でもありませんね」

「そうなんだ。だから出かける時は、いつものとおり、昼食を食べにいくつもりだったんだと思っている」

「では、われわれもそのつもりで、歩いてみようじゃありませんか」

亀井が、笑顔でいった。

4

まず、熱海の地図を広げた。本山が昼食をとり、散歩する道順を予想することから始めた。

熱海駅を中心に描いた地図である。上のほうに、R館も描かれている。

「本山は、そばが好きでね。旅館の話では、うまいそばを食わせる店を教えてくれというので、三店ほど教えたといっている。彼がそこへいったかどうかは、わからないが、まずその店へいってみたい。また本山は、海が好きで、コーヒーをよく飲むから、海岸を散歩して、近くの喫茶店に寄ったことも考えられる。だから、海岸も歩いてみたい」

と、十津川は、いった。

地図には、三店のそば店の位置と、名前も書きこんであった。

そこから、訪れてみることにした。

旅館に一番近い店では、本山がきたことはないと、いわれた。

次に、熱海駅近くのそば店では、本山のことを覚えていた。

二人ともちょうど腹がすいていたので、ここでそばを注文し、それを食べながら話をきくことにした。

「そうですねえ。毎年春になるとよく顔をお見せになりましたよ。最初は何をする人かわからなかったんですが、絵描きさんだとわかったんで、絵を描いてもらいました」

と店の主人はいい、色紙に描かれた自分の顔を見せてくれた。

なるほど、そのデッサンの線は、本山のものだった。

「彼が、最後にきたのは、いつですか？」

と、十津川はきいてみた。

「最後ねえ」

「今月の十五日じゃありませんか？」

ときくと、店主はおうむ返しに、

「今月の十五日ねえ」

といって、考えていたが、女の店員にも確かめてから、

「いらっしゃいましたよ」

「きた？」

と、十津川は、目を光らせて、

「きたのは、何時頃ですか？」

「お昼すぎでね。確か、午後一時少しすぎと思いますよ」

と、店主は、いった。それなら、時間は合う。

「その時、彼と、何か話しましたか？」

と、十津川がきくと、二十五、六歳の女の店員が、

「いつものように、天ざるを注文なさったんです。私が、これからどこへいかれるんですかときくと、海岸を散歩するとおっしゃってましたよ」

「この店を出たのは、何時頃です？」

「一時四十分ぐらいだったかな」

と、店員は、いった。

「海岸へいってみよう」

と、十津川は亀井に、いった。

二人は店を出ると、坂をおりて、海岸に向かった。

下り切ると、熱海サンビーチに出る。このあたりは、海岸沿いにビルが並んでいる。その多くはホテルだが、なかにはリゾートマンションもある。

このあたりは、夏になると花火大会がおこなわれることで有名だった。

海岸通りを左にいくと、伊豆山港に出る。そのあたりは、熱海ビーチラインと呼ばれる海岸である。

右手に向かうと、大島・初島航路の船の発着場があり、その先に熱海城がある。さらにその先へ進めば、錦ヶ浦である。

「左へいってみよう」

と、十津川は、いった。

「なぜ、左ですか？」

「あの日は、私がいくことになっていたんだ。本山がそれを忘れてしまうことは、あり得ない。右へいくと、旅館からどんどん離れてしまうんだよ。左へいけば、旅館に近づくからだ」

と、十津川は、いった。

二人は、海岸沿いを、伊豆山港に向かって歩いていった。

途中で喫茶店を見つけると、二人はなかに入って、十五日に本山がこなかったかどうか、彼の写真を見せて、きいてみた。

だが、なかなか期待する返事は、戻ってこなかった。

海岸通りが、135号線とぶつかるところまで、歩いてきた。ここから135号線に入って伊豆山神社の方向へ歩くと、R館に戻る。

二人は、合流点近くに、小さな洒落た喫茶店を見つけて、なかに入った。

三十歳ぐらいの女が、ひとりでやっている店だった。

十津川が、ここでも本山の写真を見せて、十五日にこなかったかときくと、相手はあっさりと、

「お見えになりましたよ」

と、いった。

「間違いなく、今月の十五日ですね？」

「ええ」

「何時頃です？」

「二時半頃でしたかね。コーヒーを注文なさって。時々、腕時計を気になさっていましたよ。せわしないんだなと思ったんで、覚えているんです」

と、女の店主は、いった。

「それから、彼はどうしたんですか？」

と、十津川は、きいた。

「電話をしておいたほうがいいかなって、呟いていらっしゃったんですけどね。突然『あっ』といって、あわててコーヒー代を払って、飛び出していったんですよ」

「なぜ、急に飛び出していったんです？」

と、亀井が、きいた。

「さあ。外を見てらっしゃったから、お友だちでも見つけたんじゃありませんか」

と、女主人は、いった。

十津川は、例のスケッチブックの女のデッサンを見せて、

「この女性を見たことはありませんか？」

と、きいた。あまり期待をせずにきいたのだが、女主人はしばらく見てから、

「見たことが、ありますよ」

と、いった。

「何という女性ですか？　住所は？」

「一度、見たというだけで、名前もしりませんよ」

女主人は、用心深い口調で、いった。

「どこで見たんですか？」

「ここで」

「この店で？」

「ええ。いつだったかしら、ふらっと入ってきて、ミルクを飲んでいったのを覚えていますよ」

「いつ頃ですか？」

「三年か、四年前のちょうど、今頃でしたよ。サクラの枝を折ってきて、壁の一輪ざしに生けてあったのを覚えてますからね」

「そんな前のことを、よく覚えていますね。若い女性だったら、何人も、ここに立ち寄るでしょうに」

と、十津川は、きいた。

「綺麗な人だったからですよ」

女主人は、微笑した。が、十津川は眉を寄せて、

「確かに綺麗な女性だが、それだけで、何年も前のことを覚えているというのは

不思議です。特に、その時、彼女が飲んだものまで、覚えているというのは――」

「私、物覚えがいいんですよ」

と、女主人は、微笑した。

亀井は、警察手帳を取り出して、相手に見せた。女主人の表情が変わった。

「刑事さん？」

「殺人事件を調べている」

と、亀井が、いった。

「彼女、殺されたんですか？」

と、女主人は笑いを消した顔で、十津川にきいた。

「いや。殺されたのは、別人ですが、彼女が関係している疑いがあるのですよ」

と、十津川は、いった。

「どんな関係が？」

「それを、今、調べているんです。彼女について、何かしってるんですね？」

「四年前に、一度、ここに寄っただけですよ。そしてミルクを飲んだ」

「なぜ、はっきり覚えているのかききたいな」

と、亀井が、いった。

「素敵なスポーツカーに乗ってきたから、覚えているんですよ。若い女の人が、ひとりで、真っ赤なスポーツカーに乗ってきたから」

と、女主人は、いった。

「少しずつ細かいことを、思い出してくれますね」

十津川は、軽い皮肉をこめて、いった。

「覚えているのは、それだけですよ」

と、女主人は硬い表情で、いった。そのことが、かえって十津川の疑惑を、深めた。

「ほかにも、あなたは、彼女について、何かしっていますね」

「いいえ」

「いや、しっている。今もいったように、これは、殺人事件が、絡んでいるんですよ。協力してほしい。下手をすると、また、殺人事件が起きる可能性もあるんです」

十津川は、本山のことを思いながら、いった。

「それ、本当なんですか？」

「ええ。本当です。こうしている間にも、二人目の犠牲者が出るかもしれないのです」

「彼女の名前は、しりません」

「しってることだけで、いいんです」

「熱海の梅園は、ご存じ？」

「いったことはありませんが、名前はしっています」

「その近くに、別荘があるんです」

「誰の？」

「彼女のですよ」

「なぜ、しってるんですか？　いったことがあるんですか？」

「いいえ、いったことはありませんよ。彼女が寄った時、どこからいらっしゃったのってきいたら、梅園の近くに別荘があって、三月になると毎年、十日ほど東京からくるんだといったんですよ」

と、女主人は、答えた。

十津川は、礼をいって、店を出てから、亀井に、

「梅園には、私ひとりでいってくる。カメさんは、この喫茶店のことを、調べて

みてくれ。あの女主人は、まだ、何か隠しているような気がするんだ」

「同感です」

と、亀井も、いった。

十津川は、通りかかったタクシーを止めて乗りこみ、梅園へやってくれといった。

「もう、梅は終わりですよ。今月の十五日で、梅園の梅まつりも終了していますけど」

と、運転手が、いう。

「梅園近くの別荘にいきたいんだよ」

「別荘ね。あのあたりに、いくつかあるけど、そのなかのどれですか？」

「若い女性が、似合いそうな別荘だ」

「そんな別荘があったかな？」

と、運転手は首をかしげながら、タクシーを走らせた。

東海道本線沿いの道路を、箱根方面に向かって走り、来宮《きのみや》をすぎると、道路沿いに広がる熱海梅園が見えてきた。なるほど、梅はもう散ってしまっている。

運転手は、梅園の近くにある洒落た洋風の建物の前で、車を停めた。

「たぶん、ここだと思いますよ。一度、若い女を見かけたから」

と、いった。

「しばらく待っていてくれ」

と、十津川は、いって、タクシーから降りた。

二階建て木造で、大正ロマンふうの造りは、持ち主の趣味なのだろうか。

玄関に立って、ベルを押した。が、返事がない。十津川は庭に回って、窓からなかを覗きこんだ。

人の気配はなかった。玄関の戸は錠がおりている。

十津川は、迷った。この別荘が、本山の失踪に関係があるかどうかわからない。それに、家に入るのは犯罪だ。だが、家のなかを調べてみたいという強烈な感情が生まれていた。

一刻も早く、本山を見つけ出さないと、大変なことになるという怯《おび》えが、あったからだった。

迷った末、十津川は裏の勝手口のドアをこじ開けて、なかに入った。

一階には、誰もいない。十津川は、絨毯を敷きつめた階段を、二階にあがっていった。

広いサンルームがあった。そこの壁に掲げた絵を見て、十津川の顔が緊張した。

ヒガンザクラの下に立つ若い女の絵だった。

彼女は、楽しげに微笑している。本山のスケッチブックにあった女だった。

絵の隅に、四年前の五月十日の日付と、MOTOYAMAのサインがあった。

やはり、本山の描いたものなのだ。

本山はこの絵を、モデルの女性にプレゼントしたのだろうか？

（そして今年の三月十五日に、本山はあの喫茶店で彼女を見かけて、店を飛び出したのか？）

とすると、この別荘にきたことも、考えられる。

そのあと、どうしたのだろうか？

十津川は、二階の窓から、広い庭を見おろした。梅とヒガンザクラの樹が植えられ、花壇も見える。梅もサクラも、すでに花が散ってしまっていた。

（四年前、本山はあのサクラの下で彼女をスケッチし、五月に完成して、プレゼントしたのか）

そんなことを考えながら、十津川は庭を見回していたが、その目が、急に凍りってしまった。

十津川は階段を駆けおりると、靴を突っかけて、庭に飛び出した。

花壇のところに、駆け寄る。最近手入れをしないのか、せっかくの花々がしおれてしまっている。が、十津川は、そんなものは目に入らなかった。

その花壇の隅に、土盛りされた部分があり、そこに小さな立札が立っていた。

それは、よく見れば、綺麗な墓標だった。木の板に、丁寧に彫刻された文字が見えた。

〈私の愛しき人〉

と、彫られている。

十津川は怖い目つきで、その可愛らしい墓標と、土盛りされた部分を見すえた。

5

十津川は、待たせておいたタクシーで、いったん、あの喫茶店のところまで戻った。

彼がタクシーから降りると、亀井が見つけて駆け寄ってきて、

「何かわかりましたか？」

「これから一緒に、熱海警察署にいってくれ」

と、十津川は、いった。

タクシーにせず、亀井を連れて歩き出したのは、自分の気持ちを整理したかったからだった。

「何が見つかったんですか？」

と、JR熱海駅に向かって歩きながら、亀井がきいた。

「別荘の庭に墓標が立っていた。私の愛しき人、と書かれてあった」

「そこに、誰かの死体が、埋められていると？」

「熱海署に話して、掘ってもらう」

と、十津川は、いった。

「私のほうも、少しわかりました。あの喫茶店の女ですが、名前は佐々木《ささき》かおり。三十二歳です。近所の聞き込みをやったところ、四年前に突然、あの店を、綺麗に改造したそうです。小さい店ですが、二、三百万はかかっているだろうというのです。そこで、彼女に直接きいてみました」

と、亀井は、いう。

「それで、返事は？」

「スケッチブックの女が、四年前に初めてあの店にきたというのは、本当だといっています。ただ、店のなかで突然倒れてしまった。それで、あわてて、別荘に電話したそうです。そのあと彼女の父親という人が、お礼だといって店の改造費を出してくれたというのです」

「どのくらいの改造費を？」

「いいたくない感じでしたが、強引にいわせました。二百四十万円です」

「別荘に電話しただけで、二百四十万もか」

「裏に、何かあると思いますがね。あの女主人は、教えてくれないのですよ。二百四十万円のなかには、どうやら口止め料も入っているようです」

と、亀井は、いった。

熱海警察署は、来宮駅の近くにある。二人はそこで署長に会い、事情を説明して、問題の別荘の花壇を掘ってくれるように要請した。

署長はすぐ、スコップを持った警官七人を派遣することを、約束してくれた。

十津川と亀井も同行して、梅園近くの別荘に向かった。

十津川たちが着いたとき、小雨が降り出し、雨のなかで花壇の隅が掘り始められた。まず「私の愛しき人」と彫られた墓標が引き抜かれ、スコップが入れられた。

十津川は、亀井と二人、それを少し離れた場所から、雨に濡れながら見つめていた。

やがて、毛布にくるまれた死体が、掘り出された。

十津川は、一瞬目を閉じてから、警官たちに促されて、毛布のなかの死体を見た。

やはり、本山だった。旅館のおかみがいったとおりの服装で、横たわっている。目は閉じられ、冷たくなった体は硬直していた。

「本山だ」

と、十津川は、呟いた。

「外傷はないようですね」

と、亀井が、いった。

「たぶん、毒死だろう」

「死因を調べる必要がありますね」

と、亀井が、いった。

本山の死体は、再び毛布に包まれ、司法解剖のために大学病院へ運ばれることになった。

その車を見送ったあと、十津川は亀井と、別荘のなかに入った。

もう周囲は、うす暗くなり始めている。十津川は電灯をつけ、改めて室内を見回した。

「両親が可愛い娘のために造ったという感じの別荘ですね」

と、亀井が、いう。

「そうだな」

「表札がないので、この別荘の持ち主の名前がわかりませんね」

「それは今、熱海の警察が調べてくれているはずだよ」

と、十津川はいい、二階にあがっていった。

もう一度、サンルームにかかっている本山の絵に、向かい合った。

（この絵を描いた時、本山はどんな気持ちだったのだろうか？）

と、十津川は、考える。それは、モデルになっている女性に、どんな感情を持っているかということでもある。単なる絵のモチーフとして、モデルに使ったのか、それとも彼女を愛してしまったのだろうか？

その後、妻と別居したことを考えると、一時的にしろ、本山は絵の女を愛したと見るのが自然だろう。

そして、旅館のノートに書かれてあった言葉だ。

〈悔いのない人生というものがあるのだろうか。これは、勇気の問題だろうか〉

悔い——というのは、彼女を愛してしまったことをいっているのかもしれない。勇気の問題というのは、何のことだろうか？

いろいろに考えられるのだが、きっちりした答えは見つからなかった。

十津川は、亀井と、いったんR館に戻ることにした。

二人分の夕食を頼んでおいて、二人は温泉に入ることにした。部屋から石段をおりていき、大浴場に入る。

浴場の窓を開けると、暮れかかる相模《さがみ》湾を眺めることができた。本山も、毎年三月にこの旅館にきて、風呂に入り、海を眺めていたのだろう。

大浴場を出て、部屋で夕食を始めるところへ、東京から電話が入った。

西本からで、

「死んだ本山さんの奥さんの友だちが、今、ニューヨークにいるんですが、彼女からFAXが届きました。由美さんが殺されたとしってびっくりしている。実は、由美さんから手紙をもらっていた。それが、何か参考になると思うので送ります、と書かれていました」

「その手紙は？」

「一緒に送られていたので、これからFAXでそちらに転送します」

「事件の参考になりそうか？」

「それは、警部が判断して下さい」

と、西本は、いった。

亀井が帳場へいって、そのFAXを受け取ってきた。

〈圭子さん、元気？

ニューヨークは、もう寒いでしょうね。

私は今、本山と別居して、ひとりで生活しています。その理由だけど、不条理で馬鹿げていて、そしてとても怖いの。

主人の本山は、春になるとサクラをスケッチに、熱海へいくんだけど、そこで偶然若い女性に出会い、彼女にモデルになってもらってサクラの下の女の絵を描いたの。

問題はその女性で、名前は私はしらないんだけど、一度モデルになっただけで、本山が自分を愛していると思いこんでしまったらしいの。それからが凄かったわ。毎日私に無言電話がかかってくるようになった。それも数分おきにね。

本山に話しても、心当たりはないというのよ。最初は本当に心当たりがなかったんだと思うわ。そのうちに相手は無言電話だけではあきたらなくなったのか、私が出ると甲高《かんだか》い声で、主人とわかれなさいといい、私がなぜなのときくと、あんたみたいな女は死になさい、死ななければ私が殺してやると、叫ぶようにいうようになった。

それで本山もやっと、電話の相手が絵のモデルの女と気がついて、何とか彼女に会って、やめさせようとしたの。でも、たまたま熱海で出会った女で、名前も住所もわからない。

彼女のほうはどんどんエスカレートして、本山がいない時、家に放火までするようになったわ。私は彼女がやったと思ったけど、証拠がないから警察は動いてくれなかった。

それどころか本山が浮気をして、私たちが夫婦喧嘩をして、それで私がヒステリックになって家に火をつけたんじゃないかといわれたらしいわ。

このままでは私が殺されると本山は思って、表面的に別居したことにしようと提案して、私は家を出て成城のマンション住いを始めた。

それでも彼女はどうやって新しい私の住所や電話番号を調べたのか、相変わらず無言電話がかかってきた。

私は偽装別居だし、今だって本山を愛しているから離婚届は出さなかったし、マンションの名前は本山由美にしてあるから、きっと彼女はそれを見ていやがらせをしてくるんだと思っている。

彼女の態度を見ていると狂気みたいなものを感じて、時々慄然《りつぜん》としてしまうの。

こんなことばかり書いてごめんなさい。それでも本当に怖いと誰に話していいかわからなくて、あなたに愚痴を並べてしまった。書いてしまうと少しは気持ちがやすまるのよ。

本山は彼女に会ったのが三月のヒガンザクラの季節だったので、毎年その時季に熱海にいって、何とか彼女に会えたら、説得してやめさせるといっている。

それに期待しているんだけど——。

本山由美〉

日付は、二年前の十一月十六日になっていた。

これで、少し事情がわかってきたと、十津川は思った。

亀井にも、そのFAXを読ませた。彼が目を通している間、十津川は煙草に火をつけて、考えこんだ。

これで本山がなぜ、毎年三月十日から二十日までの十日間、熱海にきていたのか、その理由はわかった。

本山は、友人たちには、ヒガンザクラをスケッチしに熱海にいくと話していたのだろう。だが本当は、モデルにした彼女に会って話をつけに、熱海にいっていたのだ。サクラのスケッチなどする気にはなれなかったから、芸者たちが気がついたように、スケッチブックには何も描かれていなかったのだろう。

だが本山は、妻の由美にもいわなかったことが、ひとつだけあったらしい。彼がモデルの女と関係したこと、それは妻の由美にも、打ち明けていなかったのではないか。

あの別荘のことだって、当然しっていたはずである。

だから本山は、あの別荘にも会いに出かけたに違いない。しかし、三年間、会えなかった。そして今年の三月十五日、偶然、熱海で彼女を見かけたのだろう。

彼女は、本山を、あの別荘に連れていった。

そこで本山は、彼女に何をいったのかは、彼が死んでしまった今では、勝手に想像するより仕方がない。

ただ、本山が殺され、埋められてしまったところをみれば、彼が、君とはもう関係ない、妻に対する脅迫はやめてくれと、いったことは間違いないだろう。

ＦＡＸを読み終わった亀井が、十津川に、

「これで、夫婦喧嘩の末に、夫が妻を殺したという線は消えましたね」

と、いった。

「うん、そうだね」

とだけ、十津川は、いった。

6

一時間ほどあと、熱海警察署から、電話が入った。

「例の別荘ですが、名義は、静岡市内の伊東広之《いとうひろゆき》という名前になっています」

「それは、実際の持ち主は、違うということですか？」

と、十津川は、きいた。

「調べてみると、この伊東という人物には、娘がおりません」

「その人に、別荘のことを、きかれたんですか？」

「そう思ったんですが、現在、夫妻で、ヨーロッパにいってしまっています。今、向こうの宿泊先を調べて、電話してみるつもりでいます」

「お願いします」

と、いって、十津川は電話を切った。

名義人と、本当の持ち主が違うというのは、どういうことなのだろうか？

自分の名前を出すと、まずいことでもあるのだろうか？

翌朝になると、司法解剖の結果がわかった。

本山の死因は、やはり青酸中毒による窒息死で、死亡推定時刻は、三月十五日の午後六時から七時の間ということだった。

これで、本山が東京で妻の由美を殺したという容疑は、完全に消えたことになる。彼の妻は本山が殺されたあとに、死んでいるからである。

昼すぎに、やっと別荘の本当の持ち主が、わかった。

熱海警察署が、電話でしらせてきたもので、

「やっとパリにいる伊東氏に連絡がとれ、本当の持ち主は、東京都渋谷区千駄《せんだ》ヶ谷《や》に住む中西健一郎《なかにしけんいちろう》とわかりました、中西には娘がひとりいて、名前はみゆき、二十三歳です」

と、いう。

「なぜ、他人名義にしていたか、理由はいっていましたか？」

と、十津川は、きいた。

「伊東氏と中西健一郎とは、大学時代の友人で、どうしても名義を貸してもらいたいといわれて、承知したんだといっていました」

と、熱海署の刑事は、いった。

十津川は、東京の西本刑事に、この中西健一郎について調べておくように電話しておいて、亀井と帰京することにした。

新幹線の「こだま」で東京に戻った十津川は、すぐ西本に、中西健一郎について、わかったことをきいた。

「中西健一郎は、R建設の取締役のひとりで、JR千駄ヶ谷駅近くに、自宅があります」

と、西本は、答える。

「娘のみゆきについては、何かわかったか?」

「それが、どうもはっきりしません」

「現在、自宅にいるのか?　それとも、自宅を出て、ひとり暮らしをしているのか?」

「それも、はっきりしないのです。何かあるらしいのですが」

と、西本は、いった。

十津川は、とにかく本人に会ってみることにして、亀井とパトカーで、千駄ヶ谷に向かった。

駅から歩いて十二、三分の場所にある、敷地二百坪ほどの豪邸だった。

玄関に立つとインターホンを鳴らし、来意を告げると、お手伝いが、ドアを開けてなかへ招じ入れた。

通されたのは、広い庭に面した応接室で、五十歳ぐらいの和服姿の男が、十津川たちを迎えた。

「私が、中西です」

と、男は、いった。警察がくることを予期していた表情だった。

十津川のほうも、自己紹介し、亀井のことも紹介してから、

「みゆきさんは、いらっしゃいますか？」

と、きいた。

「娘に何のご用でしょうか？」

と、中西が、きく。

「それは、よく、おわかりのはずですが」

と、十津川は、いった。

中西は黙って急に立ちあがり、庭に目をやった。

「娘は病気です」

中西は、小さな声でいった。自分にいいきかせる調子だった。

「どんな病気ですか？」

と、亀井が、きいた。

中西は、暗い顔で、振り返ると、

「心の病いです」

「具体的に話して下さい」

と、十津川は、いった。

中西は、しばらく黙って考えこんでいたが、

「以前、娘の日記を見たことがあります。そこには、ある男がいつも自分を監視している。外出すると、尾行し、結婚してくれと迫り、困り果てていると、書かれていました。断っても、断っても、結婚してくれと追っかけてくる、と書いてあるのです。それを読んで、私は父親として、心配になりました。ひとり娘がそんな男に傷ものにされたくなかったからです。そこでその男の正体をしろうと、私立探偵を雇いました」

「それで、どうなったんですか？」

と、十津川は、きいた。

「そんな男は、存在しなかったんです」

と、中西は、いった。

「いなかったって、どういうことです？　娘さんの日記に、男のことが、ずっと書かれていたんでしょう？」

と、亀井が、きいた。

「そうです。娘の妄想だったんです。医者にきくと、一種の病気だといわれました」

と、中西は、いった。

「それで、どうしたんですか？」

「入院させましたよ。それが、一応治ったときいて、家へ戻しました。自然に接したほうがいいのではないかと思い、熱海に別荘を建てました。娘が、サクラが好きで、温泉も好きだったからです」

「別荘をお友だちの名義にしましたね？」

と、十津川は、きいた。

「そうです」

「理由は、娘さんのせいですか？」

「そうです」

「四年前の三月に、娘さんは、熱海で本山という画家に出会い、モデルを頼まれた。それをご存じですか？」

と、十津川は、きいた。

中西は、椅子に腰をおろしてから、

「しっています」

「娘さんと本山の間に、何があったかも、ご存じですね」

と、十津川は、きいた。

「娘は病気です」

中西は、うわ言のように、いった。

「それは、ききました。娘さんと、本山の間に何があったか、おききしているんです」

十津川は、強い調子で、きいた。

「娘は、彼に結婚してくれといわれていると、いっていました。彼は、本当に私を愛してくれて、一緒になれなければ、死ぬというんです。ところが、彼の奥さんが、離婚に承知しない。本当に、鬼のような悪い女で、彼は、今のままでは彼女に殺されてしまうといっていました」

と、中西は、いった。

「その言葉を、信じましたか？」

と、十津川は、きいた。

中西は、苦渋の表情になって、

「信じたいと思いましたよ。娘は真剣な顔で、いっていましたからね。でも、私は、信じられなかった。また、あの症状が出たんだと思いました」

「それで、どうしたんですか？」

と、亀井が、きく。

「それから、三年間、三月のサクラの季節になっても、熱海には、いかせませんでした」

「その間、娘さんが、本山の奥さんに、無言電話をかけ続けたり、殺してやるといったりして脅迫していたことは、ご存じですか？」

と、十津川は、きいた。

中西は、小さく、首をすくめた。

「しりませんでした。娘が、よく、電話しているらしいのはしっていましたが、まさか、どこへかけているのかとはきけませんし、娘の部屋には、なるべく、入らないようにしていましたから」

と、いった。

本当に気づかなかったのかどうか、わからない。

「そのため、本山夫妻は、別居の形をとりました」

「そうですか。申しわけないことをしました」

「奥さんは、別居してマンション住いを始めたんですが、娘さんはそこへも執拗《しつよう》に、電話してきていたんです」

「そうなんですか――」

「なぜ、娘さんは、別居した本山の奥さんの居所や、電話番号をしっていたんでしょうかね？」

と、亀井が、きいた。

「わかりませんが、今はお金さえあれば、私立探偵に頼んで何でも調べてもらえますからね」

と、中西は、いった。

「三年間、娘さんを、熱海へいかせなかったのに今年の三月は、また、熱海へいかせたんですね」

と、十津川は、いった。

「ええ、どうしても、娘が熱海のヒガンザクラを見たいといったんです。私も、もう熱海へいかせても、画家の方には、会わないだろうと思って、許したんですが――」

「その結果、どうなったか、ご存じですね？」

と、十津川は、きいた。

「いや、しりません。十六日に帰宅したので、何もなかったんだなと、思っていましたが――」

と、中西は、いった。

十津川の顔が、赤くなった。

「しらない？　本当にしらないんですか？　娘さんは熱海にいき、本山に会い、彼を殺した。それだけじゃなく、彼の奥さんまで殺したんですよ！」

と、十津川は、怒鳴るようにいった。

中西は、黙ってしまった。たぶん、父親としても、うすうす気づいていたのではないだろうか。

「四年前ですが、娘さんが、熱海の喫茶店で、倒れたことがありましたね？」

と、十津川は、質問を変えた。

中西は、ほっとした表情になった。

「そんなこともありました」

と、いった。

「喫茶店の女主人が、別荘にいるあなたに連絡したのも、事実ですか？」

「ええ。本当です」

「その女主人の話では、あなたは彼女に、礼をいい、店の改造費として二百万以上のお金をくれたというんですが、これも、本当ですか？」

と、十津川は、きいた。

中西は、当惑した表情になった。

「その人が、そういっているんなら、本当でしょう」

と、答えた。

「ただ、連絡してくれただけで、二百万以上のお金を、ただで、くれてやるというのは、異常じゃありませんか？」

と、亀井が、眉をひそめてきく。

「娘が、危《あやう》く助かったんです。そのお礼ですから」

「それは、違うでしょうね」

と、亀井が、怒ったような声を出した。

「どう違うんですか？」

中西がきき返したが、その調子は、弱々しかった。

「喫茶店で、突然倒れたのも、娘さんの病気の症状のひとつだったんじゃありませんか？　他人に、それをしられたくないので、あなたは、喫茶店の女主人に、口止め料として大金を払ったんだ。そうなんでしょう？」

と、亀井は、責めた。

「可愛い娘のために、親が、何かしてやるのは、いけないことなんですか？」

「その結果が、二人の人間、それも、愛し合っている夫婦を、死なせることになったんですよ。殺すことになったんですよ」

「――――」

中西は、また、黙ってしまった。

十津川は、一層、暗澹《あんたん》とした気分になったが、

「娘さんがいるのなら、会わせて下さい」

と、中西にいった。

中西は、のろのろと立ちあがり、応接室を出ていったが、あわてて戻ってくると、

「娘が、いません！」

と、叫ぶように、いった。

「もともと、いなかったんじゃないんですか？」

亀井が、疑わしげに眉を寄せて、中西を見つめた。

中西は、強く、頭を横に振った。

「ずっと、二階の自分の部屋にいるものと、思っていたんですよ。それが、いないんです」

「娘さんは、スポーツカーを持っていましたね？」

「ええ」

「そのスポーツカーは、今、ありますか？」

と、十津川がきくと、中西は、またあわてて部屋を出ていき、すぐ戻ってくる

と、

「ありませんよ。スポーツカーは、見当たりません」

と、いった。

「娘さんは、熱海へいく時、スポーツカーに乗っていくんじゃありませんか？」

「そうですが――」

「いつ、出かけたか、わかりませんか？」

「わかりません」

と、中西は、いってから、

「娘は、熱海へいったんでしょうか？」

「ほかに、いきそうな場所がありますか？」

と、十津川は、ききながら、別荘の二階にあった本山の絵を、思い出していた。

（彼女は、あの絵を見にいったのではないのか？）

中西は、いやいやをするように、首を横に振った。

「いきましょう！」

と、十津川は、いった。

7

十津川は、背広に着がえた中西をパトカーに乗せて、東京駅に向かった。

東京駅に着くと、三人で、一六時三五分発の「こだま451号」に乗った。

中西の顔は、蒼ざめている。

「娘は、何しに、熱海にいったんでしょうか？」

と、十津川に、きく。

「別荘へいったと思いますよ」

と、十津川は、答えた。

「別荘へ何しに？」

「自分がモデルになっているヒガンザクラの絵を見にいったんだと思いますが――」

と、十津川は、いった。

この列車が熱海に着くのは、あと四十八分後である。

「コーヒーでも、飲みにいきませんか」

と、亀井が、誘った。

十津川は、うなずいて、5号車のビュッフェにいくことにした。

「どうも、あの男の顔を見ているのが辛《つら》くて」

と、亀井は、ビュッフェでコーヒーを飲みながら、十津川にいった。

「私もだ。カメさんに誘ってもらって、助かったよ」

と、十津川は、いった。

「彼の娘のみゆきですが、どうなりますかね？　人間二人を殺していますが」

「たぶん、父親の中西は、精神鑑定を求めるだろうね。その結果、無罪になる可能性もあるんじゃないかね。今、中西は、それを願っていると思うよ」

と、十津川は、いった。

「それで、無罪ですか」

「父親だから、それを願うだろう」

「しかし、それが果して幸福ですかねえ」

と、亀井は、いった。

「それは、わからないが、私が心配していることがあるんだよ」

と、十津川は、いった。

「どんなことですか？」

「中西みゆきは、あの別荘へいったと思っている。その別荘で、私たちは、本山の死体を掘り出した」

「そうでしたね」

「あの死体は、彼女が埋めたんだ。埋めて『私の愛しき人』という墓標を立てている。彼女は、いやでも、ぽっかりとあいた墓穴を見つけるだろう」

「ええ」

「その時、彼女がどんな気持ちになるか、それが心配でね」

と、十津川は、いった。

熱海が、近づいた。

二人は中西のところに戻り、一緒に熱海駅で降りた。

熱海の駅も、町も、すでに夜の景色だった。

駅前でタクシーに乗り、三人は、梅園近くの別荘に急いだ。

来宮駅のあたりを通りすぎたとき、けたたましいサイレンの音をきいた。

タクシーが左によける。消防車が一台、スピードをあげて、通りすぎていった。

十津川の胸に、突き刺すような不安が、わきあがった。

「急いでくれ！」

と、十津川は、運転手に向かって大声を出した。

前方に、真っ赤な火柱が見えた。あの別荘の方角だった。

中西の顔色も変わっている。

タクシーが、別荘の傍まできた時、二階建ての建物は炎に包まれていた。

三台の消防車が、別荘を囲むようにして、消火に当たっていた。

その向こうに、真っ赤なスポーツカーが、見えた。間違いなく、中西みゆきは、ここにきているのだ。

タクシーから飛び降りた中西が、燃える別荘に駆け寄ろうとするのを、消火に当たっている消防隊員が、あわてて抱き止めた。

「無茶するな！　焼け死ぬぞ！」

と、炎に照らされた真っ赤な顔で、消防隊員が、怒鳴る。

「あのなかに、娘がいるんだ！」

と、中西が、叫ぶ。

「もう間に合わんよ。諦めるんだ！」

と、消防隊員が、また怒鳴った。

確かに、間に合うような状態ではなかった。

必死の放水にもかかわらず、火は、勢いを増してゆくように見えた。

炎は、建物をなめ回し、目の前で屋根や梁《はり》が、火を噴きながら、がらがらと崩れていく。

十津川と、亀井は、呆然と立ちつくしていた。

離れた場所にいても、顔も体も熱くなってくる。

中西も、消防隊員に、抱きかかえられたまま放心したように動かない。

十津川は、なぜか、炎のなかにいるだろう中西みゆきのことよりも、あの絵が、燃えるさまを想像していた。

あの絵のなかの、ヒガンザクラも、中西みゆきも、本山のサインも、炎に包まれているだろう。

「退《さ》がって、退がって！」

と、消防隊員が、叫んだ。

燃えつきた建物が、ばらばらと、崩れ始めたのだ。

そのあと、急激に火勢が弱くなっていった。

8

パトカーも駆けつけて、熱海警察署の刑事と消防署員が、焼け跡の検証を始めた。

十津川たちも、それに立ち会った。

焼け跡から、焼死体が一体、発見された。辛うじて、女性とわかるぐらい、黒焦げになった死体だった。

それでも、中西が、ゴールドのネックレスで娘のみゆきと判別した。

本山の描いたヒガンザクラと女の絵は、跡かたもなく、燃えつきてしまった。

中西が、熱海警察署の刑事と消防署員に、燃えてしまった別荘のことや焼死した娘のことで証言している間、十津川は亀井と焼け跡を離れ、梅園のほうに歩いていった。

三台の消防車が、二人の横をゆっくりと、帰っていく。

東京より暖かい熱海といっても、夜になれば、冷えてくる。

だが、十津川は、寒さを感じなかった。

「中西みゆきは、自殺したんでしょうか？」

と、亀井は並んで熱海梅園の横を歩きながら、十津川にきいた。

「カメさんはどう思うんだ？」

と、十津川は、逆にきいた。

「いろいろ考えたんです。あの別荘の二階に、本山さんの絵が、あったでしょう。中西みゆきをモデルに使ったヒガンザクラの絵です。彼女は、二階にあがって、その絵を眺めていたんじゃないかと思うんです」

と、亀井は、いった。

「私も、その点は、同感だよ。彼女は、あの絵に会いたくて、別荘に戻ったんだと、思っている」

「夜は寒いから、一階で、石油ストーブに火をつけ、二階にあがって、あの絵を見ていた。そうしている間に、一階のストーブがどうかして火を噴き、あの猛烈な火事になった。そう考えれば、彼女は、事故死ということになってきます」

と、亀井は、いった。

「自殺の可能性もある」

「そうです。その場合、最初から、死ぬ気で別荘に戻ったんでしょうか？」

と、亀井が、きく。

「カメさんは、そのほうがいいと、思っているみたいだね」

と、十津川は、いった。

「いいというより、そのほうが、救われるような気がするんです」

「救われるか――」

「彼女は、本山夫妻を殺しています。前に私は警部に、公判になって精神鑑定の結果、無罪になっても、それが果して幸福でしょうかと、きいたでしょう。もし彼女が最初から自殺するつもりで、別荘に戻り、自ら火をつけて亡くなったのなら、彼女は幸福だったに違いないと思うんですよ。私たちが彼女を逮捕し、起訴される。裁判の結果、有罪で刑務所にいくかもしれないし、精神鑑定で無罪になっても、入院させられるでしょう。父親だって、いつ娘の病気が再発しないかと、絶えず悩み続けなければならない。悩むというより、悩み続けるといったほうが、いいでしょうね。それを考えると、あの父親のためにも、中西みゆきは、自殺してよかったんだと私は思いますがね」

と、亀井は、いった。

十津川は、立ち止まり、焼け跡に目をやった。

懐中電灯の明りが、ちらちらしている。その明りのなかに、黒い人影が、浮かびあがっている。中西が、まだ熱海警察署の刑事や消防署員から、事情をきかれているのだろう。

十津川は、亀井の言葉と、中西の顔をダブらせて考えていた。

中西は、そこに駆けつけて、燃えあがる別荘を見たとき、一瞬、何を考えただろうか？

彼は、炎のなかに飛びこもうとして消防隊員に抱き止められ、そのあとは呆然と、燃える建物をみつめていた。あの時、中西は、どこかでほっとしたのではないのか。

いや、もっとうがって考えれば、中西は娘のみゆきが、熱海の別荘へ出かけたことをしっていたのではないのか。

東京の自宅で、中西は、娘がいなくなったと、あわてふためいて見せたが、それは芝居ではなかったのか。

「私の愛しき人」を死なせた娘のみゆきが、自殺することを予期していたのではないのか――。

十津川は、そんなことを考える自分がいやになって、小さく首を振った。

河津七滝に消えた女

1

修善寺《しゅぜんじ》で一泊したあと、十津川は、妻の直子とタクシーに乗って、下田《しもだ》に向かった。

やっと手に入れた三日間の休みを、日頃、事件に追われて寂しい思いをさせている直子のために、伊豆《いず》の温泉めぐりをすることにしたのである。

二月十七日から十九日までと、まだ観光シーズンには早いが、贅沢はいえなかった。幸い、二月にしては、珍しく暖かい日が続いてくれた。

「滝が見たい」

と直子がいうと、タクシーの運転手が、途中で車を停めて、

「この先を下へおりていくと、河津七滝《かわづななだる》の釜滝《かまだる》に出ます。そこから下流に向かって歩いていくと、河津七滝を見られます。下へおりていくから歩くのも楽ですよ」

と、教えてくれた。

車は、先回りして、待つようにしますといった。

十津川は、直子とタクシーを降り、道標にしたがって、急な石段をおりていった。稲妻形に下っていく石段である。ところどころ欠け落ちている石段なので、細い手すりに摑まっておりていかないと、滑り落ちそうになる。

何段もおりていくと、やっと滝の音がきこえてきた。

ほっとした感じで、滝を見あげた。流れ落ちるあたりが、釜の底を思わせるので、釜滝というのだろう。

両側は深い山肌で、谷底を河津川が流れていて、ところどころ滝になっているのだ。

渓流に沿って、遊歩道がある。

十津川と直子は、釜滝をバックに写真を撮ってから、遊歩道を下に向かって歩き出した。

川は玄武岩の岩肌を走り、ところどころに青い澱《よど》みをつくっている。

流石に空気がひんやりと冷たい。下から遊歩道を登ってくる観光客もいて、すれ違った。

本来、滝というのは、川を登りながら見ていくものだろうが、中年の夫婦にとっては、おりながらのほうが楽でよかった。

小さな滝が見えた。エビ滝と書かれているが、どこがエビなのか、十津川にはわからなかった。

写真好きの直子が、立ち止まっては、カメラを構えるので、若者のグループやフルムーンらしい老夫婦に、追い越されてしまう。

蛇滝《へびだる》が見えた。これは、そのつもりで見ると、周囲の岩肌が蛇のウロコのようなので、十津川にも、名前の由来がわかった。

大きな岩の上で並んで腰をおろして、弁当を食べているカップルの姿もあった。

「釣竿があったら、このあたりで、のんびり釣りをしたいね」

と、十津川はいった。

「何が釣れるのかしら？」

と、直子が流れを見ながらきいた。

「綺麗な渓流だからね。アマゴなんかがいるんじゃないかな」

警察を退職したら、もう一度、ここへきて、釣りをしてみたいと、十津川は思った。寒いのが苦手の十津川は、伊豆の暖かさが羨ましい。タクシーの運転手に、伊豆に住みたいといったら、相手は、笑って、

「いい所ですが、のんびりしすぎてしまいますよ」

と、いっていた。

遊歩道には山肌が迫り、頭上を樹々の梢《こずえ》が覆っているので、陽の当たる川面《かわも》と違って、うす暗く、足元は湿っている。滑って転ぶ人もいて、喚声があがったりする。

紅葉の季節は、さぞ素晴らしいだろうと思いながら、十津川は、直子に合わせて、ゆっくり歩いていった。

遊歩道にしたがい、川に沿って進むと、やがて川原に出た。

急に頭上が明るくなる。川岸に、伊豆の踊子の銅像が建てられていた。小説のなかの「私」と踊子である。若いカップルが、その前で写真を撮っていた。十津川は、カメラのシャッターを押してくれと、頼まれた。

彼らが消えると、今度は、直子が得意のカメラで、踊子の像や、その背後の滝を撮りまくった。

ここから先は、川の流れもゆるやかになり、道路も広くなっている。

十津川は、地図を見て、

「タクシーは、この先で、待っているようだよ」

と、いった。

舗装された道路を、二人は、だらだらとおりていった。

川は、いぜんとして、道路に沿って、流れているのだが、かなり下のほうになってしまって、川音は、きこえてこない。

二月とは思えない暖かい陽射しが降り注いで、眠くなってくる感じだった。

「あっ、さくら！」

と、直子がふいに大きな声をあげた。

ピンクの綺麗な桜の花が、目に入った。まだ梅の季節なのに、その桜は、満開だった。観光案内によると、河津桜《かわづざくら》という早咲きの桜らしい。

一本だけ見えたのだが、さらに歩いていくと、河津桜の並木にぶつかった。ピンク色の並木道である。

「綺麗だわ！」

と、直子が嘆声をあげて、シャッターを切っている。

そのあたりに、土産物店や喫茶店などが数軒かたまっていて、駐車場にもなっていた。

十津川たちのタクシーも、そこに駐まっていた。

直子が喉が渇いたというので、すぐにはタクシーには戻らず、駐車場傍《わき》にある喫茶店に入った。

スナックふうの店で、海に近い伊豆らしく、カツオ定食があったり、コーヒーがあったりする。

十津川と直子は、コーヒーを頼んだ。店の奥では、五人ほどの若い男女のグループが、お喋りをしていた。

彼らの大きな声が、十津川の耳に入ってくる。十津川は、ぼんやりと他人の話をきいているのが好きだった。

「あたし、もうひとつ、ソフトクリームを頼むわ」

「よく食べるなあ」

「だって、ゆみこが、まだ、きそうもないもの」

「おれも、頼むよ」

「それにしても、ゆみこのやつ、何してるんだ？　すぐ、追いつくと、いってたんだろう？」

「まさか、滝に飛びこんだんじゃないだろうな」

「変なこと、いわないでよ」

「おれは、腹がへったから、カレーライスを食べるかな」

「あたしは、アイスコーヒー」

と、賑やかだった。

男が三人に、女が二人。全員が二十代だろう。どうやら、遅れてくる仲間のひとりを、ここで待っているらしい。

直子は、撮りおえた三本のフィルムを、テーブルの上に並べた。

「ずいぶん、撮ったんだねえ」

と、十津川は感心した。

「年齢《とし》をとったとき、見て楽しむのよ」

と、直子はいう。

「ずいぶん、年寄りくさいことをいうんだねえ」

「あなただって、昔ふうにいえば、不惑《ふわく》の年齢だわ」

「不惑ねえ」

十津川は、苦笑して、煙草に火をつけた。不惑どころか、迷ってばかりいると思う。

「俺、見てくるよ」

と、突然、奥のテーブルで、男のひとりがいい、店を飛び出していった。

「あたしも」

と、続いて、女のひとりが追いかけていった。

残った三人は、

「ゆみこのやつ、何をしてるんだ？」

「足でも怪我して、動けなくなったんじゃないかしら？」

「だいたい、滝をスケッチしたいなんて、何を考えてるんだか。ユミコに絵ごころなんて、あったのかなあ」

などと、いっていた。

十津川は、彼らのことが何となく気になって、タクシーの運転手が迎えに顔を出したので、もう少し待ってくれといった。

直子は、店を出ていって、また河津桜の並木を写しはじめた。

「見つからないよ」

と、男が甲高い声で仲間に報告している。

「見つからないって、ちゃんと調べたのか？」

「ゆみことわかれたのは、蛇滝のところだったろう？　そこまでいってみたんだが、彼女は、いないんだ」

「まさか、上流へいったってことはないよなあ」

「それはないわ。ここで、落ち合うことになってるんだから」

「滝壺《たきつぼ》に落っこちたなんてことは、ないと思うがなあ」

「いってみましょうよ」

と、女のひとりがいい、五人は、支払いをすませて、ぞろぞろと店を出ていった。

直子が、写真を撮りおえて、戻ってくると、

「いきましょう」

と、十津川を促した。

2

その日、下田までいき、石廊崎《いろうざき》などを見物してから、蓮台寺《れんだいじ》に戻って、清流荘《せいりゅうそう》に入った。古くからある旅館で、落ち着きがあった。

伊豆急《いずきゅう》では、蓮台寺は下田のひとつ手前で、旅館のおかみさんの話では、下田

周辺のホテルや旅館は、この蓮台寺から温泉を引いているということだった。それだけ、蓮台寺温泉の湯量が、豊富ということになるのだろう。

この旅館では、その豊富な温泉を利用して、中庭に温泉プールが作られていた。十津川は、敬遠したが、何でも試してやろう精神の直子は、早速、水着を借りて、泳ぎにいった。

窓から見ていると、直子は、若いカップルと一緒に、ライトの下で、楽しそうに泳いでいた。それが、十津川を見あげて、いらっしゃいというように手招きした。

（ひさしぶりに、泳いでみようか）

と、その気になって、立ちあがったとき、つけっぱなしにしておいたテレビから、

〈河津七滝で、東京の観光客が、行方不明になっています――〉

と、アナウンサーの声が流れた。

十津川は、座り直して、テレビに目をやった。

河津七滝の景色が映し出され、続いて、心配そうな五人の男女の顔になった。それに、アナウンスが事情を説明する。

〈今日の午前十時頃、河津七滝を見物にきた、東京都世田谷区成城《せいじょう》の東郷由美子《とうごうゆみこ》さん、二十三歳が行方不明ということで、一緒にきた友人たちが心配しています。由美子さんは、東京の電機メーカーのＯＬで、同期に入社した同僚五人と、一泊二日で、伊豆へ遊びにきたものです〉

次に、友人のひとりが、カメラに向かって話した。男のひとりで、テロップには、藤田義郎《ふじたよしろう》と名前が出た。

「バスを水垂《みずたれ》で降りて、あの急な石段をおりていきました。六人一緒です。最初に釜滝を見てから、遊歩道を下流に向かって、歩いていったんですが、彼女は絵が好きなんです。今日もスケッチブックを持ってきていて、蛇滝のところで、描いていくというんで、ほかの五人は、先にいって、待っていることにしたんですよ。それで、駐車場近くの喫茶店で、ソフトクリームやコーヒーを頼んで、待っていたんですけど、いくら待っても彼女がやってこない。それで、七滝を逆に探してみたんですが、彼女いないんです。ひょっとして、急用ができて、東京に帰ってしまったんじゃないかと思って、世田谷のマンションに電話してみましたが、誰も出ません」

最後に、行方不明の東郷由美子の写真が、画面に出た。

釜滝の前で、仲間と一緒に撮った写真だった。テレビ局が急いで現像したのだろう。

画面がほかのニュースになっても、十津川は、消すのを忘れて、考えこんでいた。

泳ぎ終わった直子が、帰ってきて、

「どうなさったの？」

と、きいた。

「ああ」

と、十津川は、あわててテレビを消してから、ニュースで見たことを、直子に告げた。

「そういえば、あの喫茶店で、騒いでいたわね」

「僕たちも、同じ河津七滝を歩いて、下ったわけだが、君は、スケッチブックを持った若い女性を見たかい?」

と、十津川はきいた。

「見なかったような気がするわ」

と、直子はいった。

それで、行方不明の話は、終わってしまった。あれこれ考えても、どうしようもないことだったし、犯罪に結びつくことかどうか、わからなかったからである。

翌日、十津川は、直子と下田駅から「スーパービュー踊り子号」で帰京した。直子が、ダブルデッカーのこの新しい車両に乗ってみたいと、いっていたからである。

十津川は、真新しい下田駅の売店で朝刊を買い、車内で目を通した。やはり、昨日の事件のことが、気になったからである。

静岡版のページに、かなり大きく載っていた。行方不明の東郷由美子の写真も出ている。

テレビのニュースに加えるようなことは、まだ出ていなかった。

翌日から、十津川はまた、事件に追われる日常に戻った。

事件の合間に、十津川は、伊豆の事件のことを思い出してはいたが、それも、いつのまにか忘れていった。


ほぼ、一カ月経《た》った三月十五日の午後、国分寺《こくぶんじ》の市内で死体発見のしらせを受けた十津川は、亀井刑事たちを連れて、急行した。

JR国立《くにたち》駅から、北へ車で、十分ほどの、少しは武蔵野《むさしの》の面影を残しているあたりに、新しく建てられた豪邸だった。

二億円近い値段に、バブルがはじけた今は、まったく買い手がつかず、放置されている。

持ち主の不動産会社は、管理人を置いているが、その管理人も、一日おきにしかやってこないし、きても、夕方の五時には、帰ってしまうのだ。

その管理人が、邸の地下室で、死体を発見して、一一〇番してきたのである。

この邸の地下室には、環境問題を考えて、ゴミ焼却炉が作られている。今は、主人がいないので、使用することもないから、管理人は、地下室を見回ったりしていなかった。

それが、今日、会社から、地下室も時には見ておいてくれといわれて、管理人がおりていったところ、焼却炉のなかに若い女の死体を発見したのである。

引きずり出された死体は、腐敗が始まりかけていて臭う。

二十二、三歳に見える女だった。すでに、顔の皮膚の色も白蠟色《はくろういろ》になっている。

着ているものは、ジーンズに派手な色のブルゾン、その下にはカシミヤの白いセーターというものだった。はいているのは、スニーカーである。

同行した検視官は、十津川に向かって、

「首を絞められているね」

「やはり、殺しか。それで、殺されたのは、いつごろだろう？」

「詳しくはわからないが、一カ月ぐらい経っているね」

と、検視官はいった。

刑事たちが、被害者の着ているブルゾンやジーンズのポケットを調べたが、身元がわかるようなものは、見つからなかった。

鑑識が写真を撮り、地下室や邸の玄関などの指紋を採取しはじめた。

「警部。どうされたんですか？」

と、亀井が十津川に声をかけた。

「何がだい？　カメさん」

「しきりに、考えこんでいらっしゃるから、心配になりましてね」

「あの被害者を、しっているかもしれないんだ」

「警部のご存じの方ですか？」

「先月、伊豆へいったとき、河津七滝で、行方不明になった女性がいたんだ」

「そんな話を、されていましたね」

「その女性に、似ている気がするんだよ。じっさいに、彼女に会っていないから、自信はないんだが」

と、十津川はいった。

「行方不明のことは、新聞に出ましたね？」

「ああ、出たよ」

「じゃあ、調べてみましょう。警部の勘が当たっていれば、身元が割れますよ」

と、亀井は勢いこんでいった。

小金井《こがねい》署に捜査本部が設けられると、十津川と亀井は、二月十九日の朝刊を取り出して、調べてみた。

十八日に、河津七滝で行方不明になった東郷由美子の写真があり、住所と勤務先が出ている。

しかし、その写真では、殺された女かどうか判断はつきかねた。

十津川は、勤務先になっているS電機に、電話をかけた。

彼が東郷由美子の名前をいうと、応対に出た人事課長が、

「東郷由美子は、当社をやめたことになっておりますが」

「それは、行方不明ということでですか？」

「そうです。家族の方とも話し合って、三月一日付で、退社ということにしました」

「両親は、東京ですか？」

「いや、千葉に住んでおられます」

「それでは、そちらから、連絡してもらえませんか。娘さんらしい女性が見つかったので、確認に、小金井署へきてほしいと」

と、十津川はいった。

「死んだんですか？」

「そうです。今日発見された死体が、よく似ているのですよ」

「わかりました。すぐ連絡します」

人事課長は、急に早口になって、いった。

夕方になって、東郷由美子の両親が駆けつけた。

亀井が、二人を案内して、遺体のところへ連れていった。が、ひとりで先に戻ってきた。

「どうだった？」

と、十津川がきいた。

「娘さんでした。しばらく、そっとしておいてくれというので、置いてきました。落ち着いたら、ここへきてくれるそうです」

と、亀井はいった。
十二、三分して、両親が部屋に入ってきた。北条早苗刑事が、二人にお茶を淹れた。
「大丈夫ですか？」

と、十津川がきくと、

「あの娘《こ》は、なぜ、あんなことに？」

と、母親がきいた。声が乾いていた。

「それを、われわれもしりたいのですよ。二月十八日に、伊豆の河津七滝で行方不明になってから、ほぼ一カ月ですが、その間に、娘さんから連絡がありましたか?」

「女の声で、二度、電話がありました。無事だから、探さないでくれといって、切ってしまいましたわ」

と、母親がいう。

「それは、娘さんの声でした?」

「由美子といっていましたけど、わかりません。似ているようにも思いましたし、違うような気もして――」

「あの服装ですが、伊豆へ旅行にいったときのままですか?」

と、十津川がきくと、母親は、悲しげな目になって、

「それが、あの娘は、ひとりで、マンション暮らしをしていましたから、どんな服で、旅行に出かけたか、わからないのですよ」

「娘さんは、二十三歳だから、結婚話なんかがあったんじゃありませんか?」

と、亀井がきくと、今度は、父親が、

「見合いの話なんかもありましたがねえ。由美子のやつは、独身生活を楽しみたいから、しばらく見合いなんかしたくないと、いっていました」

「独身生活を楽しみたい、ですか」

「見合いして、結婚してくれていたら、こんなことにならずにすんだんだと思いますね」

父親は、口惜しそうにいった。

娘の由美子が殺されたことに、二人とも、まったく心当たりがないともいった。

由美子は、千葉で薬局をやっている両親の間に生まれている。七歳年上の兄は、すでに結婚して、千葉に住んでいた。

由美子は、大学を卒業したあと、S電機に入社したが、マンション暮らしは大学のときからだという。

翌日、十津川は、伊豆へ一緒にいった同僚のうち、男と女の二人に、そのときに撮った写真を持って、きてもらった。藤田義郎と原《はら》アキ子の二人だった。

二人とも、由美子が殺されたことが、まったく信じられないという顔をしている。

十津川たちは、二人が持ってきたアルバムに目を通した。

何枚かに、由美子も写っている。

「同じですね」

と、亀井が小声でいった。

そこに写っている由美子は、死体で発見されたときと同じく、派手な花模様のブルゾン、ライトブルーのジーンズ、白いカシミヤのセーター、そして白のスニーカーという姿だった。

なかったのは、スケッチブックとデイパックだけだった。いや、財布なども、なくなっているというべきか。

「東郷由美子さんに、特定の恋人はいましたか？」

と、十津川は二人にきいた。

「僕はしらないんだ」

と、藤田がいい、アキ子は、

「由美子のことは、よくわからないんですよ。妙に秘密主義のところがあったから」

「それを、詳しく説明してくれませんか」

「普段は明るいんだけど、肝心のことになると、はぐらかされてしまうんです。だから、はっきりしないんですけどね。誰かいたんじゃないかなあ」

「しかし、いたら、グループで、旅行にはいかないんじゃありませんか？」

「でも、最初、彼女、いかないといってたんです」

と、アキ子はいった。

「急にいくことになったのは、なぜなんだろう？」

「それは、わかりませんわ。でも、前日になって、急に一緒にいくといったんです」

「理由は、いわなかった？」

「ええ」

「由美子さんは、何か、秘密を持っていませんでしたか？」

十津川がきくと、アキ子は、藤田と顔を見合わせてから、

「別になかったと思いますけど――」

「彼女は、いくら月給をもらっていたのかね？」

と、亀井がきいた。

「私と同期入社だから、手取りで十五、六万だったはずですわ」

「そのくらいの月給で、成城のマンションに住めるんだろうか？　あのあたりのマンションの、部屋代は高いんじゃないかね？」

　と、亀井がきいた。

「そうかもしれないけど、彼女の両親が、助けてたんじゃありませんか。両親が、千葉で大きな薬局をやってると、いうことですからね」

　と、藤田がいった。

「なるほどね」

　と、十津川はうなずいた。が、由美子の両親は、そんな話はしていなかったなとも思っていた。

「彼女は、旅行にいくとき、いつもスケッチブックを持っていくんですか？」

　と、十津川は二人にきいた。

　二人は、また顔を見合わせ、小声で話してから、アキ子が、

「私は、何回か、一緒に旅行にいったんですけど、スケッチブックを持っていったのは、今度が初めてですわ」

「彼女、絵がうまかったんですか？」

「さあ、僕は見たことがないから」

と、藤田はいい、アキ子は、

「伊豆へいったとき、ちらっと見たけど、まあまあだと思いましたわ」

と、いった。

礼をいって、二人を帰したあと、十津川は、千葉に住む由美子の両親に電話をかけた。

電話に、母親が出た。

「娘さんが住んでいた成城のマンションのことですが、いま、どうなっていますか?」

と、十津川はきいた。

「あの娘が、生きていると信じていましたので、ずっと、そのままにしておきましたけど、死んでしまったので、そのうちに荷物なんかを、引き取ろうと思っています」

「今月いっぱい、そのままにしておいてくれませんか」

と、十津川は頼んでから、

「成城のマンションは、ご両親が部屋代を援助されていたんですか?」

「いいえ。大学のときは、援助していましたけど、卒業してからは、あの娘はひとりでやりたいといって、頑張ってきていたんです」

「しかし、成城のマンションは、部屋代が高いんじゃありませんか？」

「高いと思いますわ。でも、大学を卒業して、すぐのころは、保谷《ほうや》のほうの1Kのマンションに住んでいたんですよ。成城のマンションに移ったのは、最近ですわ」

「最近というと、いつごろですか？」

と、十津川はきいた。

「去年の春からですわ」

と、母親はいった。

3

十津川は、亀井と、成城のマンションにいってみた。

駅から歩いて二十分ほどの、七階建てのマンションだった。そこの502号室が、東郷由美子の2DKの部屋である。

管理人にきくと、部屋代は月十三万円だということだった。

「月給十五万では、ちょっと、住むのは無理ですね」

と、亀井がいった。

「誰か援助してくれる男がいたのか、それとも、母親が嘘をついているのかの、どちらかだろうね」

「母親が、嘘をですか？」

「ああ、由美子が、内緒にしておいてくれと両親に頼んでいたとすれば、死んだ今でも、両親は、嘘をつくんじゃないかね」

と、十津川はいった。

二人は、管理人に、502号室を開けてもらった。

2DKの部屋は、若い娘のものらしく、綺麗に整頓されていた。

洋服ダンスを覗くと、十五、六着の服が入っていた。そのなかには、そう高いものに思えないが、毛皮のコートも一着混じっていた。

十津川は、由美子がつき合っていた男の名前か写真を見つけたいと思ったが、どちらも見つからなかった。

そうした男がいなかったのか、それとも、いたのだが、手紙や写真が持ち去られてしまったのか、判断がつかない。

「見つかりませんね」

と、亀井がいった。

「次は、スケッチブックを捜してみてくれ」

と、十津川はいった。

二人は、もう一度、押入れや机の引き出しなどを捜し回ったが、スケッチブックは見つからなかった。

「絵もないね」

と、十津川はいった。

スケッチブックを持って、旅行にいくような人間なら、風景画の一枚ぐらい、壁にかかっていてもいいと思うのだが、どこを捜しても、見つからなかった。

本棚に画集もない。

「絵が好きだったとは、思えませんね」

と、亀井がいった。

「だが、二月の旅行では、スケッチブックを持参している。一緒にいった友人が証言しているんだから、間違いないよ」

と、十津川はいった。

「突然、絵ごころが出てきたんですかねえ」

「普通なら、今の若者は、スケッチブックなんか持っていかない。カメラのほうだ」

「カメラは、二つありますね」

と、亀井はいい、それを持ってきて、十津川に見せた。

ひとつは、今はやりのパノラマカメラである。小さくて軽いものだから、旅行に持参するには、最適だろう。五、六人での記念撮影に使えば、楽に全員が入るからだ。

だが、彼女は、カメラは持っていかず、スケッチブックを持っていった。

しかも、この部屋には、絵らしいものは、ひとつも見当たらない。

十津川は、絵が好きで、スケッチブックを持って、旅に出ることもある。

「しかし、それは、ひとり旅のときでね。二人以上でいくときは、やめておくよ。どうしても、スケッチするのに時間をとられて、同行者に迷惑をかけるからね」

と、十津川はいった。

「現実に、彼女は、同行の五人に迷惑をかけていますよ。滝のスケッチをするというので、待たせているし、結局、彼女が殺されることになってしまっています」

と、亀井がいった。

「彼女は、他人に迷惑をかけても平気な性格だったのかな？」

「今までにきいたところでは、そんなわがままな性格とは、思えませんね」

「しかし、彼女は、ほかの五人を先にいかせておいて、蛇滝をスケッチした」

「そこなんですよ。そんなことをしなければ、ずっとほかの五人と一緒にいたはずで、殺されなくても、すんだんですよ」

「芸術家を気取ったのが、命取りになったということか」

「なぜ、そんなことをしたのか、若い女の気持ちというやつは、わかりませんね」

亀井は、小さく首をすくめて見せた。

その日、十津川が帰宅すると、妻の直子は伊豆の旅行のときの写真を絨毯の上に並べていた。

あの旅行で、直子は、三十六枚撮りのフィルムを七本写していた。河津七滝のところだけでも三本ある。

「スケッチブックを持った若い女は、写っていたかい？」

と、十津川は直子にきいた。

「いないわね。滝をスケッチしている女性も、写っていないわ」

と、直子はいい、小さく伸びをしてから、コーヒーを淹れた。

そのコーヒーを飲みながら、十津川は、

「蛇滝をスケッチするといって、仲間から遅れた女の子だがね。昨日、死体で発見された。一カ月ぶりにね」

「ニュースで見たわ。それで、あらためて、あのときに撮った写真を見ていたの」

と、直子はいった。

「どうも不思議でねえ。調べたところ、べつに絵が好きとは思えないし、スケッチブックも、彼女のマンションでは見つからなかった。それなのに、あのときの旅行に限って、なぜ、スケッチブックを持っていったのか。カメさんは、そんな気まぐれを起こさなければ、殺されずにすんだんじゃないかと、いっている」

十津川は、小さく頭を振った。

十津川は、直子の考えをききたいと思ったのだが、彼女は、急に黙って立ちあがると、絨毯の上に横ずわりになって、自分の撮った写真を見はじめた。

「ねえ」

と、十津川は声をかけて、

「君も女だから、ひょっとすると、わかるかもしれないと思って、きくんだがね」

「え？」

「殺された女の気持ちだよ。なぜ、突然、スケッチブックを持って――」

「それなら、理由の想像はつくわ」

「本当に？」

「ええ」

「じゃあ、教えてほしいね」

「その東郷由美子さんは、二十三歳で、独身なんでしょう？」

「ああ」

「お年頃だわ」

「まあね」

「それなら絵に興味がないのに、スケッチブックを持って旅行に出た理由が」

「よくわからないが」

「あなただって、似たようなことをしたじゃないの」

と、直子は、笑った。

「私が？」

「ええ。私と交際を始めたころ」

「君をスケッチしたことが、あったかな？」

と、十津川がきくと、直子は、また笑って、

「あなたは、風景しか描かなかったわ。そういうことじゃなくて、仲間と一緒に旅行したとき、あなたは、わざと靴の紐が切れたことにして、私と二人であとに残ったじゃないの。ほかの人たちを先にいかせて」

と、いった。

十津川は、目を輝かせた。

「その靴の紐の代わりが、スケッチブックか」

「そうじゃないかと思うわ。東郷由美子という人は、きっと、河津七滝のところで、ひとりになりたかったのよ。ちょっと写真を撮るから、先にいってといったって、写真を撮るのは、せいぜい一分ですんでしまうから、ここで待ってるよ

と、いわれてしまう。スケッチしていくといえば、時間がかかるから、ほかの五人は、先にいって待っていると、いうと思うわ」

と、直子はいった。

「ひとりになって、誰かと会うつもりだったということだね」

「そう思うわ」

「スケッチブックは、東京を出発するとき、すでに持っていたんだ。とすると、そのときから、河津七滝で、ひとりになって、誰かに会うことにしていたことになる」

「同感ね。だから、もう一度、写真を見てるのよ。スケッチブックが、ひとりになるための小道具だったとしたら、いつまでも、スケッチしてるはずがないわ。スケッチブックだって、捨ててしまっていたかもしれない」

「なるほどね」

「その女《ひと》のよくわかる写真がないかしら？　できれば、伊豆にいったときと同じ服装の」

と、直子は十津川を見た。

「あるよ。一緒にいった仲間が撮った写真だ」

と、十津川はいい、背広のポケットから、二枚の写真を出して直子に見せた。

それを横に置いて、十津川と直子は、百枚を超す河津七滝の写真を、一枚一枚、調べていった。

人物が小さく写っている写真を見るときは、虫眼鏡《むしめがね》も使った。

「見つけた!」

と、突然、直子が大声を出した。

「いた?」

「ええ。これを見て」

と、直子は一枚の写真を取りあげて、十津川に見せた。

河津七滝を眺めて歩く遊歩道を、十津川と直子は、上から下へおりていった。その道を逆に、上流へ向かって、登ってくる人たちもいた。

直子が、立ち止まって、その人たちを撮った。

その写真だった。

ゆるい坂を、こちらに歩いてくる五人の男女が、写っていた。

男女二人と、その後ろに、子供連れの中年の夫婦という感じなのだが、男女二人の女のほうが、東郷由美子にそっくりなのだ。

服装も、同じだった。

彼女は、中年の男と腕を組んでいる。

「もう少し大きく伸ばした写真が、ほしいな」

と、十津川はいった。

翌日、その写真のネガを持って、捜査本部に出ると、すぐ伸ばしてもらった。

四ツ切りまで伸ばすと、男の顔はかなりはっきりした。

サングラスをかけている。身長は、百七十五センチぐらいだろう。年齢は、四十代といったところか。

黒の革のコートを着て、襟元から黄色いマフラーを覗かせていた。

「この男が何者かしりたいね。この写真を東郷由美子の友だちに見せて、話をきいてきてくれ」

と、十津川は西本刑事たちにいった。

焼き増した写真を持って、西本刑事と日下刑事の二人が出かけてすぐ、妻の直子が電話をかけてきた。

「彼女と一緒に写っていた男の人が誰か、わかりました？」

と、直子がきく。

「今、それを調べているところだよ」

「わかるといいけど。男の服装のことで、わかったことがあるから、お教えしておくわ。男性ファッションに詳しいお友だちに、きいてみたの」

「革コートを着ているね」

「あの革コートだけど、あれは、フランスのジリーというブランド品で、ベビーカーフだから柔らかくて、軽いものだそうよ」

「高いものかね？」

「百万円以上はするらしいわ」

「驚いたね」

「それから、マフラーはエルメスね」

「つまり、お洒落ということかね？」

「というより、金にあかせて、ブランド物をあさるという感じね。お友だちの話では、それが、身についていないということだわ」

と、直子はいった。

「ほかには？」

「それと、私の勘だけど、ハンサムでも、酷薄《こくはく》な性格みたいだわ」

と、直子はいい、電話を切った。

午後になって、西本と日下の二人が帰ってきたが、どちらの顔も、疲れているように見えた。

「男の身元は、わからずか？」

と、十津川のほうから声をかけた。

「そうです。会社へいって、彼女の同僚や上司に、あの写真を見せて回ったんですが、誰もしりませんでした。それから、彼女の住んでいたマンションに回り、管理人やほかの住人にも当たってみましたが、結果は同じでした」

「被害者は、友人たちには、わからないように、つき合っていたのかもしれないな」

「そう思います。不倫の関係だったんじゃないでしょうか？」

と、西本がいった。

「男は、四十代だから、結婚しているだろうというわけか？」

「そうです」

「男は、三角関係を清算しようとして、彼女を殺したというわけかね？」

「動機にはなると思いますが」

と、西本はいった。

それに、亀井が口を挟んで、

「動機としてはいいかもしれんが、なぜ、伊豆の河津七滝なんかで、会ったんだ？　それに、なぜ、国分寺に死体があったんだ？」

「そこまでは、わかりませんが――」

「とにかく、身元がわからないので、あれこれ、想像するより仕方がないんです」

と、日下がいいわけめいたいい方をした。

「下手な弁解をするより、明日、もう一度、聞き込みをやってこい」

という亀井に、十津川が、

「カメさん。一緒にいってもらいたいところがあるんだよ」

と、声をかけた。

二人は、部屋を出て、パトカーに乗りこんだ。

「どこへいきますか？」

と、亀井が運転席できく。

「高級紳士服を売っている店だ」

「それだけじゃあ、わかりませんが」

「銀座にいって、捜そう」

と、十津川はいった。

銀座は、駐車禁止の場所が多い。十津川は、数寄屋橋《すきやばし》派出所の横に駐め、そこから、降りて歩くことにした。

高級ブティックや画廊、宝石店などが並ぶ一角をゆっくりと歩き、輸入紳士服を専門に売っている店を見つけて、入っていった。

十津川もしっているアルマーニとか、ダンヒルといった背広やコートが、並んでいる。

十津川は、中年の店主に会って、例の写真を見せた。

「この中年の男が着ているコートですが」

と、いうと、店主は微笑して、

「ああ、ジリーのコートですね」

「よくご存じですね」

「そりゃあ、向こうの重役や、エリート社員が着ているものですからね。ベビーカーフですから、重そうに見えて、意外に軽いんですよ」

「この店にありますか？」

「いや、私のところにはありません」

「銀座で、このコートを扱っている店をしりませんか？」

「そうですねえ。この先のカデットという店で扱っているはずです。主として、ヨーロッパの背広やコートなどを売っている店です」

と、教えてくれた。

五十メートル程歩くと、小さなビルがあり、一階に背広、二階にコートを並べていた。

十津川と亀井は、二階にあがっていった。そのフロア全体に、コートが並べてある。革コートだけのコーナーへいき、捜すと、たしかにジリーのコートが見つかった。

そのフロアの責任者を呼んで、警察手帳を見せ、

「このジリーの革コートは、どのくらい売れるものですか？」

と、きいてみた。

ダンヒルのダブルの背広をきちんと着た、このフロアのマネージャーは、警察手帳を見て、やや緊張した表情で、

「百万以上するものなので、ひと冬で、せいぜい三着か四着といったところです」

「それなら、売ったお客のことは、覚えていますね?」

「ええ。私どもでは、長くおつき合いしているお客さまが多いので、そういう方のお名前は、控えてありますが」

「この人は、どうですか?」

十津川は、写真を見せた。

マネージャーは、見てすぐ、

「ああ、この方なら覚えておりますよ。去年の十一月に、こられたお客さまです」

「名前と住所は、わかりませんか?」

と、亀井がきくと、マネージャーは、当惑した顔になって、

「今も申しあげましたように、常連のお得意さまですと、わかるんですが」

「飛びこみの客だったんですか?」

「ええ。それで、お名前とご住所を、私どもの台帳に載せさせていただきたいと申しあげたんですが、駄目だといわれましてね。結局、わからないのですよ。そ

の後、いらっしゃいません」

「寸法で、直すところは、なかったんですか？」

「いえ、袖の寸法だけ、お直ししました」

「すると、二回、きたわけですか？」

と、十津川はきいた。

「ええ。二回です」

「何時ごろ、見えたんですか？」

「うちは、銀座にあるので、とくに午後一時から夜の九時まで営業しています。このお客さまは、二回とも、九時ぎりぎりにいらっしゃいましたね」

と、マネージャーはいう。

「なぜ、そんなに遅かったのかね？」

「わかりませんが、この銀座のクラブに、飲みにきたとき、ついでに、私どもへ寄られたんじゃないかと思いますね」

「なるほど、銀座のクラブにね」

と、十津川はうなずいた。

そこから、通りひとつへだてると、クラブやスナックが並ぶ一角になる。

十津川は、夜になってから、亀井とそこに足を運んだ。

有名なクラブ「アモーレ」にいき、十津川は、例の写真を見せて、しっているかどうか、きいてみた。

「ああ、しってるわ」

と、ママがあっさりいった。

十津川は、ちょっと、拍子抜けの感じで、

「しっている？」

「ええ」

「名前も、しっていますか？」

「ええ。店では、ユキちゃんと呼んでいたわ」

「ちょっと待ってくれよ。君のいうのは、女のほうか」

「ええ、もちろん。うちも、最近、何人かパートの女の子を入れてるんですよ。この娘《こ》もそうなの。たしか、昼間は、ＯＬだといってたわ。美人でいい娘なんだけど、最近、顔を見せないわね」

「死にましたよ」

「死んだって、どこで？　いつ？」

「最近です。ところで、彼女は、いつごろからパートで、働いていたんですか?」

「一年ほど前からね」

「この男のほうは、どうかな? 見たことは、ありませんか?」

と、十津川はきいた。

「この人ねえ」

と、ママは、じっと見直していたが、

「そういえば、うちにお見えになったことがあったわね。でも、常連のお客さまじゃないわ」

「彼女とは、ここで知り合ったのか」

と、十津川が呟くと、ママは、

「そうかもしれないわねえ。この写真を見ると、ユキちゃんと腕を組んでるわね」

「この男のことを、もっと詳しくしっている人はいませんかね? 名前とか職業とかですが」

と、亀井が頼んだ。

ママは、マネージャーやホステスにきいてくれた。

ひろみというホステスが、男のことを覚えているといった。

「たしかに去年の十一月だったと思うわ。その人、ひとりでやってきたの。あたしとユキちゃんがついたんだけど、その人、ユキちゃんを、とても気に入ったみたいだった」

と、ひろみはいった。

「その後も、きたんじゃないの？」

と、亀井がきいた。

「十日ぐらいして、もう一度見えたけど、そのときは、もう、ユキちゃんに夢中みたいで、二人だけで熱心にお喋りしていたわ」

と、ひろみはいった。

「名前は、きいてないかな？」

と、亀井がきいた。

「たしか、関根《せきね》さんだったわ」

「名前を、彼がいったのか？」

「違うわ。お客さんが帰るとき、コートを着せて差しあげたの。そのとき、革コートの裏側に関根って、あったわ」

と、ひろみはいった。

「ほかに、この男のことで、覚えていることはないかね？」

「そうねえ、やたらに、大きなことをいうお客さんだったわ」

「どんなふうにかね？　莫大な財産を持ってるとか、大会社のオーナー社長だとか、いうわけかね？」

と、十津川がきくと、ひろみは、小さく手を振って、

「それが、面白いの。競馬で大穴当てたとか、宝くじが当たったとか、アラスカかどこかで金鉱を掘り当てたとか、夢みたいなことばかりいってたわ」

「それを、どう思ったの？」

「最初は、大ボラばかりと思ったんだけど、財布を見せてくれたら、一万円札がぎっしり詰まってるし、あたしやユキちゃんに指輪をくれたりしたもんだから、本当かなと、思ったりして――」

「指輪？　初めてきて、指輪をくれたの？」

「一万円札の指輪」

「一万円札の指輪って、どんなものかね？」

と、十津川がきいた。

「一万円貸してみて」

と、ひろみはいい、十津川が財布から抜き出して渡すと、彼女は折りたたみ、くるくる丸めて、輪ゴムで留めて、指輪の大きさの輪を作って、自分の指にはめてみせた。

「これが、一万円札の指輪。あたしとユキちゃんが素敵だわといったら、二人の片手の五本の指全部に、作ってはめてくれたわ」

「呆れたね」

と、亀井が呟いたが、ひろみは、屈託のない表情で、

「バブルがはじけちゃって、けちなお客さんばかりになっちゃったから、ひさしぶりにいいお客さんだと思ったわ。でも、ユキちゃんに夢中になって、あたしには、一回しか、指輪は、くれなかったけど」

「そのほかに、この客について、何か覚えてることはないかね？」

と、十津川はきいた。

「車は、ジャガーね」

「車を見たのかね？」

「いいえ。見たことはないけど、飲んでるとき、キーホルダーをテーブルの上に

置いたのよ。何か、ポケットに手を入れて、探してるときだわ。ちょっと変わったキーホルダーだったから、変わってるわねって、ユキちゃんがいったのよ。そしたら、ジャガーを買ったとき、もらったんだって、いってたわ。あたしも、ジャガーが好きで、ほしいなって思ってたから、覚えてるのよ」

「ジャガーもいろいろあるけど、どんなジャガーかな？」

「たぶん、二人乗りのジャガーよ」

「コンバーチブルか。なぜ、そう思うんだ？」

「一緒に乗せてよっていったら、二人しか乗れないから、お前は駄目だって、いわれたのよ。ユキちゃんと二人で、乗りたかったみたいだわ」

と、ひろみはいう。

「じっさいに、彼女をジャガーに乗せたんだろうか？」

「さあ、そこまではしらないわ」

と、ひろみはいってから、急に探るような目になって、十津川を見て、

「あの男が、ユキちゃんをどうかしちゃったの？」

「いや、今は、何とかこの男に会いたくてね。もし、また、ここに現れたら、われわれに連絡してもらいたい」

と、十津川はいい、電話番号を書いた名刺を、渡した。

4

十津川と亀井は、夜の街に出た。

風が冷たい。コートの襟を立てて、歩きながら、

「カメさんは、どう思うね？」

と、きいた。

「男のことですか？」

「ああ。銀座のクラブで金をばらまき、ジャガーに乗り、百万以上する革コートを着ている。金は、持ってるんだ」

「そうみたいですね」

「普通なら、大会社のオーナーだとか、財産持ちだとかいうものじゃないかね、嘘でもさ。それなのに、競馬で当てたとか、宝くじがとか、自分からアブク銭だといっている。なぜなのかな？」

「それは、私も気になったんです。ひとつ考えたのは、そういわざるをえない事

情があったということです」

「どんな具合にだ？」

「男は、たいした財産もなく、収入もなかった。それが、突然、大金を手に入れた。それを説明するのに、大会社の社長といっても、誰も信用しない。親の遺産が入る環境でもない。株で儲けたというには、株価が低迷して、損をした話しか信用しない。そうなると、宝くじとか競馬とか、金鉱といったことしか、いえなかったんじゃないかと、思うのです」

「なるほどね」

「しかし、宝くじや競馬では、めったに儲かるものじゃありません」

「となると、何やら、犯罪の臭いがしてくるねえ」

と、十津川はいった。

亀井が、強くうなずいて、

「私も、それを感じますね。だから、ばんばん使ってしまう――」

「それも、最近になってからだ」

「調べてみようじゃありませんか」

と、亀井は、いった。

二人は、捜査本部には戻らず、桜田門《さくらだもん》の警視庁へいき、去年の十一月前後に起きた事件、それも現金強奪事件を調べてみた。犯人が捕まらず、犯人の見当がついていない事件である。

去年の九月から十一月にかけて起きた現金強奪事件は、日本全国で五件である。

もちろん夜道で、老婆などを襲い、五十万、百万の金を奪ったといった事件は除外した。その金額では、ジリーの革コートも買えないからだ。

五件を、さらにしぼっていき、最後に十月二十九日に、都内の世田谷で起きた現金輸送車襲撃事件が、浮かびあがった。

車に乗っていた二人の警備員は射殺され、積んでいた四億五千万円が奪われた。

犯人は、いまだに逮捕されない。それどころか、犯人の人数、輪郭すら、浮かんできていないのである。

いま、東郷由美子殺しの容疑者としてマークしている男が、その現金強奪事件の犯人ではないのか。

捜査本部に戻り、三上刑事部長にその推理を話すと、三上は、

「ずいぶん大胆な推理だねえ」

「しかし、うまくいけば、二つの事件を、同時に解決できます」

「うまくいかなかったら？」

「河津七滝の事件も、解決が遅れるかもしれません」

と、十津川は正直にいった。

「それでは、困るな」

と、三上はいったが、十津川が黙っていると、諦めたように、

「駄目だといっても、君は、この推理にしたがって、捜査を進めるんだろう？」

と、いった。

十津川は、うなずいた。

「ぜひ、そうしたいと思っています」

「それなら、やってみたまえ。ただし、失敗したときは、責任をとれよ」

と、三上はいった。

十津川は、まず、問題の現金強奪事件の捜査を担当している広田《ひろた》警部に会った。

広田は、十津川の五年先輩に当たる警部である。気難しいことで定評があった。

た。

広田は、十津川の話をきくと、

「面白いが、簡単には、賛成しかねるね。君の考えだと、犯人は、ひとりということになるが、こちらの今までの捜査では、複数犯だという確信がある」

「私も、共犯の存在は、否定していません」

と、十津川はいった。

「それならいいが、もうひとつ、現金強奪事件については、あくまでも、こちらの主導で捜査を進める」

「当然です」

と、十津川がいうと、やっと、広田は、表情を和らげた。

十津川は、ほっとして、

「今までに、広田さんが摑んだことを、教えてください。こちらの情報も、提供します」

「現場にあったタイヤ痕などから、犯行に使われた車は、マークⅡとわかったが、それは盗難車だった。犯行には、三八口径の拳銃が使用されている。殺された警備員は二発ずつ撃たれているが、犯人は、拳銃の扱いに馴れている人間だと、私は、思っている。現金輸送車の道順は、毎日、変えていたから、犯人は、そのことをよくしっていたはずだ。いや、犯人のうちのひとりは、というべきだろう」

「銀行内部の人間ということですか?」

「あるいは、警備会社の人間か、彼らと親しかった人間だね」

「なるほど」

「じつは、事件直後から、警備会社の人間がひとり、行方不明になっている。無断退職だ。名前は、金子誠《かねこまこと》。三十歳。独身。それが、一味のなかにいたことは、間違いないとみて、いま、行方を追及している。この男が見つかれば、ほかの仲間も、自然に浮かびあがってくるはずだと」

と、広田はいい、金子誠の顔写真を渡した。

例の男とは、別人だった。

その写真を持って、十津川は戻り、それを黒板に貼りつけ、広田の話を亀井たちに伝えた。

「主犯がいたということですか?」

と、亀井がきいた。

「現金強奪事件では、そうだったようだ」

と、十津川はいった。

「三八口径を撃ったのは、金子という男ですか？」

「いや、違うらしい。金子は、警備会社にいたといっても、事務専門だったというし、銃を撃った経験はなかったようだ」

「とすると、三八口径を撃ったのは、関根ということになりますか？」

「彼が主犯で、金子が共犯だろうと、私は、考えているんだがね」

「すると、彼は、射撃の腕も秀れていたということですね？」

「今は、現金強奪犯人はということだ。あらためて、あの事件の写真を見たが、犯人は、二人の警備員の、まず胸を撃ち、そのあと止《とど》めとして、額を撃ち抜いている。銃に馴れた人間であることは、間違いないよ」

「銃を使い馴れているというと、警官、自衛隊員といったところですか？」

「一般人でも、グアムなどによく出かけ、そこで、銃や拳銃を撃っていれば、銃の扱いに馴れるだろう」

と、十津川はいった。

広田たちは、すでに、警察、自衛隊の退職者を調べている。だが、現在に至っても、容疑者は、浮かんできていない。

だから、十津川は、一般人ではないかと思っていた。

「しかし、一般人で、そんなに何度も、グアムやハワイにいけるでしょうか？」

と、亀井がきいた。

「金がかかるだろうね」

「犯人は、金がほしくて、現金強奪をやったわけですから、その前は、年中、グアム、ハワイには、いけなかったと思いますね」

「いけるような仕事をしていたらどうかな？」

「と、いいますと？」

「旅行社だよ。海外旅行専門の会社にいた人間ならどうだろう？　たとえば、グアムは、三時間少しでいけるアメリカということで、人気があり、年中、日本人の旅行者がいる。グアム行の旅行の添乗員なり、あるいは、グアムの駐在員なら、銃を撃つチャンスは、あるんじゃないかね」

「その点を、調べてみます」

と、亀井はいった。

亀井は、西本たちをつかって、旅行社を片っ端から調べていった。だが、写真の男と同じ社員や退職者は、いっこうに見つからなかった。

無駄と思われる努力が、三日間続いて、四日目に聞き込みから帰ってくると、亀井が、目を輝かせて、

「旅行社のほうは、依然として収穫がありませんが、面白い情報を入手しました」

と、十津川に、報告した。

「どんな情報だね?」

「グアムではなくて、サイパンなんですが」

「サイパンもアメリカ領だから、銃も売っているし、射撃もできるはずだ。それで、サイパンで、何かわかったのか?」

「W建設という会社が、サイパンにリゾートマンションを建設しています」

「それで?」

「建築は、現地のアメリカ企業に任せているんですが、W建設の社員が、向こうで監督と本社との連絡に当たっています。二年がかりの建設なので、W建設の社員は、六カ月交代で、向こうにいっているわけです。六カ月サイパンにいれば、銃を撃つチャンスもずいぶんあります。その社員のひとりが、去年の十月に馘《くび》に

なっています。理由は、サイパンで会社の金を使いこみ、さらにサイパンを訪れた観光客の若い日本女性に、暴行を働いたことだというのです」

「それが、例の男か？」

「写真を見せたところ、W建設の人間は、よく似ているといっています。ただ、名前は関根ではなく、石川敬《いしかわたかし》、三十五歳ですが」

「名前は、関根じゃなくていいんだ。彼が、十月に現金強奪事件を起こしていれば、偽名を使いたいだろうからね。服のネームも偽名にするはずだ」

と、十津川はいってから、

「その石川敬という男は、サイパンには、どのぐらいいっていたんだ？」

「彼は、二回、会社の命令でいっています。一昨年が六カ月、そして、去年が、馘になるまで三カ月、合計九カ月です」

と、亀井は、警察手帳にメモしてきたものを見ながら、いった。

「その間、向こうで、銃を撃っていたんだろうか？」

「同僚のひとりが、一緒に射撃場にいったことがあると、いっていました。そのとき、その同僚は、的になかなか命中しなかったそうですが、石川は、ほとんど命中させたので、びっくりしたと、いっています」

「石川の写真は、あるのかね？」

「サイパンで、同僚が撮ったものを借りてきました」

と、亀井がいい、西本が二枚の写真を差し出した。

サングラスをかけ、派手なアロハ姿のものと、海水パンツ姿で、海辺に立っているものだった。

「たしかに、似ているね」

「身長は、百七十五センチ。ごらんのように、やや痩せ型です」

「性格は？」

「調子はいいが、信用できないという人が多かったですね。W建設時代、無理して車を買い、返済に四苦八苦していたという話もあります」

「この写真を、コートを売った店のマネージャーと、クラブのママと、ホステスに見せて確認をもらってきてくれ」

と、十津川は亀井にいった。

亀井たちが出かけたあと、十津川は、ひとりで、国立駅前の不動産会社へ出かけた。東郷由美子の死体が、隠されていた豪邸を所有している不動産会社である。

営業部長は、十津川の顔を見ると、憮然とした顔で、

「あの家ですが、死体なんか見つかったんで、よけいに売れなくなって、困っていますよ」

と、いった。

「まもなく、解決しますよ」

と、十津川はいった。

「そうなれば、少しは、人気が出てきますかねえ」

「そうなるように、祈りますよ」

と、十津川はいってから、

「あの邸を建てたのは、何という建設会社ですか？」

「W建設ですが、それがどうかしましたか？　信用のある会社ですから、うちでは、ほとんどW建設さんに頼んでいますがねえ」

と、営業部長はいった。

（やっぱりか）

と、十津川は、内心、うなずいたが、それは口には出さず、

「一刻も早く犯人を逮捕して、あの邸を売りやすいようにしますよ」

と、いった。

捜査本部に戻って、十津川が、コーヒーを淹れているところへ、亀井たちが、戻ってきた。

十津川は、彼らにコーヒーを配ってから、

「反応は、どうだったね？」

と、きいた。

「カデットのマネージャーも、クラブのホステスたちも、この男に間違いないと、証言してくれましたよ。身長も、そのくらいだったと、いっています」

と、亀井はいった。

若い西本刑事は、十津川を見つめて、

「逮捕状を請求してください」

「何の容疑で？」

「もちろん、現金強奪、殺人の両方の容疑でです」

「今の状況では、無理だよ」

「なぜですか？」

「現金強奪にしても、東郷由美子殺しにしても、石川敬の犯行だという決め手はないんだ。第一、いま、石川が、どこにいるかも、わからんじゃないか。まず、見つけて、彼の犯行であることを、証明しなければならないんだよ」

と、十津川はいった。

亀井が、コーヒーをかき回しながら、

「あの高級革コート、ジャガー、それと顔写真もあるんです。名前もわかっている。これだけ揃っているんです。見つからないはずがありません」

と、強い語調でいった。

「しかし、今ごろは、海外へ高飛びしているんじゃありませんか？」

と、日下がいった。

その可能性はあるので、十津川は、出入国管理局に調べてもらった。だが、最近、石川敬、三十五歳が、出国した形跡は、ないということだった。

まだ、国内にいるとすれば、どこにいるだろうか？　日下は、東京を離れて、北海道か九州あたりに逃げているのではないかといったが、十津川は、東京だろうと考えた。

東京にいると考える理由は、いくつかあった。

現金強奪事件について、警察は、まだ犯人を特定できずにいる。それは、石川も感じているだろう。

東郷由美子殺しについても、彼女と石川が並んで写っている写真を、十津川は、公開していない。

したがって、石川は、自分の近くまで、警察の手が延びていることは、しらないはずなのだ。

石川は、五億円近い大金を手に入れた。性格的に見て、それで家を買って、貯金をして、などということはしないだろう。贅沢をして、楽しくすごすのなら、この東京がいちばんいい。何でも揃っているし、大金を使っても、そう目立たないからだ。

いま、彼は、どこに住んでいるだろう?

マンションを買ったとは、思えなかった。買うには、手続きが必要だし、高級マンションはいぜんとして高い。

そのうえ、いざ逃げるとき、せっかく買ったマンションを、捨てていかなければならない。

とすると、今は、ホテルに泊まっているのではないか。

どんな高級ホテルでも、偽名で泊まれるし、いわゆるファッションホテルなら、顔を見られずに泊まることができるからだ。

奪った金はどうしているだろうか？

五億円近い札束は、かなりの量である。そのうちの半分ぐらいはジャガーのトランクに隠し、あとの半分は、別の場所だろうと、十津川は思った。

「共犯と思われる警備会社の金子にも、分配したんじゃありませんか？」

と、西本がきく。

「私は、彼はもう殺されていると、思っているよ」

と、十津川はいった。

主犯は、現金輸送車を襲ったとき、二人の警備員を情け容赦なく射殺している。それを考えれば、共犯の口を、あっさり封じていると推測するのが自然だろう。

「東郷由美子を殺したのは、なぜでしょうか？」

と、日下がきいた。

「石川は、手に入れた金で、贅沢を始めた。ジャガーを買い、百万円以上する革コートを買い、銀座のクラブにもいくようになった。そこで、たまたまパートで働いている由美子に会ったんだ。きっと、彼女は、石川の好みのタイプだったんだと思う。石川は、彼女にクラブをやめさせた。金もやったろうし、贈り物もしたと思うよ。しかし、深くつき合えば、由美子のほうは、石川のうさん臭さに、自然に気づいたんじゃないかね。石川のほうも、敏感に、それを感じて、由美子の口を封じることにしたんだろう」

と、十津川はいった。

「犯罪者特有の敏感さでですか?」

「ああ、そうだ」

「なぜ、河津七滝で殺したんでしょうか?」

と、西本がきく。

「由美子は、仲間から伊豆行に誘われていたが、あまり気が進まなかった。たぶん石川のことが、気になっていたからだと思うな。彼女は、会社の友人に内緒で、パートでクラブのホステスをしていたくらいだから、贅沢が好きだったんだと思うね。そんな彼女にとって、石川は怪しげな男だが、まだ魅力が残っていたんじゃないか。石川はそれにつけこんで、伊豆行のことをきくと、河津七滝で会おうと、誘ったんじゃないか。友人たちを出し抜いて、二人だけで楽しもう。そのとき何かを買ってやるとか、約束したかもしれない。抜け出す小道具として、スケッチブックを使えといったのも、おそらく石川だと思うね。そういう才覚は働く男だよ」

「石川は最初から、彼女を殺すつもりだったと、お考えですか」

「もちろんだ」

「なぜ、河津七滝でと、考えたんでしょうか？」

「友人との旅行の途中で消えたとなれば、疑惑はその友人たちにいき、自分には、疑いがかからないと、石川は、考えたんだと思うね」

と、十津川はいった。

「死亡推定時刻は、たしか、二月十八日の午前十時から十二時ということになっていたと思うんですが」

「司法解剖の結果、そうなっている」

「となると、石川は、河津七滝で彼女を殺したんですか？」

と、西本がきいた。

「いや、河津七滝の遊歩道には、見物人がいて、人殺しは無理だよ。二人は、七滝を下へおりずに、逆に登っていき、県道へ出たんだ。石川は、そこへ車を駐めておいたんだろう。由美子を車に乗せて、すぐ殺したんだと思う。それで、死亡推定時刻が、十八日の午前十時から十二時となっているんだろう。そのあと、車で死体を東京に運び、国分寺の売家の地下にほうりこんだんだ」

「なぜ、そんな面倒なことをしたんでしょうか？」

と、日下がきく。

「私も、それがわからなかったんだが、あの家は、W建設が建てたものだとしって、理由がのみこめたよ。彼は、W建設にいて、馘になった。その恨みを忘れずにいたんだよ」

「執念深いわけですね」

「ああ、執念深い男だと思うよ」

と、十津川はいった。残酷で、執念深い男なのだ。

5

現金強奪事件を追う広田警部は、十津川の提案に半信半疑だったが、それでも協力して、都内のホテルを調べてくれた。

四谷《よつや》のホテルKで、手応えがあった。

広田がしらせてきて、十津川と亀井も、ホテルKに急行した。

石川は、このホテルに、すでに今年の一月十六日から、関根真一郎《せきねしんいちろう》の名前で泊まっていた。

だが、刑事たちが着いたとき、石川はチェックアウトした直後だった。

(逃げられたか)

と、十津川たちは、顔を見合わせたが、フロント係は、

「シーズンオフが近いので、これからスキーにいくといって、にこにこしながら、おたちになりました」

と、いった。

あわてて逃げたという感じではない。

「どこのスキー場へいったか、わかりませんか?」

と、十津川はきいた。

「そこまでは、わかりませんが」

と、フロント係は、申しわけなさそうにいった。

「彼が、部屋からかけた電話は、記録されていますね?」

と、広田がきいた。

「それは、自動的に記録されて、チェックアウトのとき、ご請求しましたが」

「それを、教えてください」

と、広田はいった。

石川は、昨日から今朝にかけて、三回電話していた。

すべて、0257の局番だった。

「それ、越後湯沢《えちごゆざわ》ですよ」

と、刑事のひとりがいった。湯沢に親戚《しんせき》がいるという男だった。

広田が、その三つの電話番号にかけてみた。

いずれも、越後湯沢のホテル、旅館だった。

三軒目のSホテルが、

「ちょうど、お部屋がひとつ空《あ》いておりましたので、関根さまにきていただくことにいたしました」

と、いった。

「何時ごろ、そちらへ着くと、いっていましたか?」

「午後四時ごろになると、おっしゃっていました」

と、いう。

広田と十津川は、同時に腕時計に目をやった。

現在二時十六分。たぶん石川は、関越《かんえつ》自動車道を、越後湯沢に向けて、ジャガーを走らせているにちがいない。

「とにかく、われわれは追いかける」

と、いって、広田は、ホテルを飛び出していった。

「どうしますか?」

と、亀井が十津川を見た。

「今から、車で追いかけても、追いつけないだろう」

「当然、湯沢で逮捕ということになりますね。それで、いいんじゃありませんか?」

「そうだな」

と、十津川は、うなずいた。が、急に、

「まずいな」

「まずいですか?」

「いま、石川が予約した湯沢のホテルに、われわれは電話した。石川が向こうに着いたとき、そのことが態度に出てしまって、石川が敏感に感じとったら、逃げてしまう」

「じゃあ、どうしますか？」

「できれば、関越自動車道で逮捕したいね」

と、十津川はいった。

二人は、パトカーに戻ると、警視庁のヘリコプター基地に向かって走らせた。

車内から基地に連絡をとり、新潟と群馬の県警にも連絡した。関越自動車道のどのあたりで追いつけるかわからない。

ヘリ基地に着くと、用意されていたヘリコプターに乗りこんだ。

最近、アメリカから購入した新鋭機である。時速三百キロ近くが出るといわれている。

「うまく降りられる場所が見つかるかどうか、わかりませんよ。そのときには、飛び降りてもらいますからね」

と、機長が冗談めかしていった。

ヘリは急上昇し、関越自動車道に向かって、スピードをあげた。

風が強いのか、ゆれが激しい。

関越自動車道が、眼下に見えてきた。光る道路が北に向かって延び、その上を車がゆっくりと動いている。

ヘリは、その車の群れを、次々に追い越していった。

「問題の車を見つけたら、どうします？」

と、機長がきく。

「さりげなく追い抜いてください。気づかれると困る」

と、十津川はいった。

亀井は、双眼鏡で、越後湯沢方面への車線を見張った。

上空からでは、トラックと乗用車の区別はつくが、乗用車だけの区別は、なかなかつきにくい。

「石川が、オープンにして走ってくれていると、わかりやすいんですがね」

と、亀井がいった。

「しかし、今日は、寒いからな」

「冬でも、厚着してオープンにして走るのが、お洒落だそうですよ」

と、機長が笑いながらいった。

駒寄《こまよせ》パーキングエリアが見えた。

「詳しく見たい。ゆっくり飛んでください。石川が休んでいるかもしれませんからね」

と、十津川は機長に頼んだ。

ヘリがぐっと高度を下げる。駐車場に駐まっている車が、一台ずつ迫ってくる。

ヘリに気づいた家族連れが、手を振っている。

パーキングエリアの上空を、ヘリは二回旋回した。が、ジャガーは、見つからなかった。

ヘリは、再び、関越自動車道の上空を北上する。

前橋インターチェンジ、渋川伊香保《しぶかわいかほ》インターチェンジを通過した。

いっこうに、石川のジャガーは、見当たらなかった。

赤城《あかぎ》パーキングエリアでも、ジャガーを発見できなかった。

ヘリは、高度をあげ、関越自動車道上空に戻る。

赤城高原サービスエリアでも、同じだった。

高度をあげながら、関越自動車道上空に戻ったとき、

「あっ」

と、亀井が声をあげた。

「いたか?」

「あれじゃありませんか?」

と、双眼鏡を、十津川に渡しながら、亀井は前方を指さした。

ヘリにスピードを落としてもらい、十津川は、双眼鏡を目に押し当てた。

一台のジャガーが、時速八十キロぐらいで走っている。座席は、オープンだ。運転しているのは、黒の革コートを着た男だった。

「間違いない。石川だ」

「どうしますか?」

と、機長がきいた。

「この先は?」

「谷川岳《たにがわだけ》パーキングエリアがあって、そのすぐ先に長いトンネルがありますよ。トンネルに入ったら、ヘリからじゃ見張れません」

「じゃあ、谷川岳パーキングエリアで降ろしてください」

と、十津川はいった。

「降ろせるかどうか、わかりませんよ」

と、いいながら、機長はスピードをあげ、あっという間にジャガーの上空を通過した。

トンネルの入口が、間近に迫る谷川岳パーキングエリアが見えた。

建物の前が、広い駐車場である。幸いトラックと乗用車が、四、五台しか駐まっていない。

「降りてください」

と、十津川は機長に頼んだ。

「難しいな」

「殺人犯を、逃したくないんですよ」

「やってみますか。万一のときは、覚悟してくださいよ」

と、いいながら、機長は、ホバリングの姿勢から、慎重に高度を下げていった。

駐車場で、見あげていた人たちが、あわてて逃げ出す。

ヘリは、ゆっくりと駐車場に着陸した。機長は、エンジンを切らずに、

「私は、どうしましょうか？」

と、振り向いて、十津川にきいた。

「念のために、トンネルの向こう側にいき、地元の警察に、非常線を張るように、頼んでください」

「向こう側にも、ヘリの降りられる場所があると、いいんですがね」

と、機長はいった。

十津川と亀井が、頭を低くして、飛び降りると同時に、ヘリは飛びあがり、上昇していった。

「これからどうしますか？　素手じゃ、ジャガーは止められませんよ」

と、亀井が大声でいった。

「助けてもらおう」

「何にですか？」

「トラックにだよ」

と、十津川はいった。

十津川と亀井は、運転手たちが休息しているレストランに入っていくと、警察手帳を高く掲げ、大きな声で、

「警視庁捜査一課の十津川と亀井です。犯人逮捕に協力してください。お願いします！」

と、繰り返した。

「何をすれば、いいのかね？」

と、ラーメンを食べていた運転手のひとりがきいた。

「まもなく、殺人容疑者の車がここにやってきます。それを、ここで停めて、逮捕したいのです。トラック二台で、道路を塞いでほしいのです。お願いします」

「トラックにぶつけられたら、どうするね？」

「責任を持って警視庁が、補償します」

「協力したら、違反したとき、何とかしてくれるのかね？」

「そこまでは、約束できません」

「いいよ。協力してやるよ」

と、ひとりの運転手が立ちあがった。

大型トラック二台で、ジグザグに道路を塞ぐ作業が始まった。

それができあがると、十津川と亀井が狭い道路に立った。

最初にきた車は、そのまま通す。二台、三台、ときて七台目にジャガーが、やってきた。

逃げ出すかと思ったが、意外と、静かに、ジャガーは、トラックとトラックの間で、停止した。

十津川と亀井が近づき、運転席の石川に、警察手帳を突きつけた。

「石川敬だね？」

と、十津川がいい、亀井が、

「車から降りてもらう」

「いいですよ。何なのかわかりませんがね」

と、石川はにやっと笑い、ドアを開けた。

それに合わせて、十津川と亀井が身を退《ひ》いた瞬間、石川は、アクセルを踏みつけた。

ジャガーは、猛然と走り出した。車体をトラックにこすりつけ、その間をすり抜けると、トンネルの入口に向けて、突進した。

「畜生！」

と、亀井が怒鳴る。

「お巡りさん！」

と、トラックの運転席から、野球帽をかぶった運転手が、大声で呼んだ。

「乗んなよ。追いかけてやる」

「頼む」

と、十津川と亀井は、高い運転席に飛びこんだ。

ディーゼルエンジンがうなり声をあげ、トラックはジャガーを追って、トンネルに入っていった。

オレンジ色の照明が壁面に並び、トンネル内を奇妙な世界に見せている。

長いトンネルだった。

トラックは、走りつづけるが、なかなかジャガーに追いつけない。

十津川の期待は、トンネルの向こう側を、ヘリからの連絡で、新潟県警がおさえてくれていることだった。

三分、五分と走り続けても、トンネルはまだ延々と続いている。ジャガーの姿も見えない。

(永久に、トンネルが続くんじゃないのかな)

と、十津川が呟いたとき、突然、前方に黒いものが見えた。

それは、あっというまに、ジャガーに変身した。

ジャガーが、逆走してきたのだ。

「何してやがるんだ!」

トラックの運転手が大声でわめき、急ブレーキをかけた。

大型トラックの車体が、悲鳴をあげた。

衝突しそうになって、石川も、あわててブレーキを踏み、ハンドルを切った。

ジャガーは、スリップしながら、コンクリートの壁面に激突し、横転した。

十津川と亀井は、トラックから飛び降りて、駆け出した。

二人は、呻き声をあげている石川のシートベルトを外し、引きずり出した。

トンネルの反対側から、新潟県警のパトカーが一台、二台と到着した。警官が降りてくる。警官に向かって、十津川は、

「救急車を、呼んでくれ！」

と、大声でいった。

ひとりが、パトカーに戻っていく。

十津川は、ほかの警官たちに向かって、

「君たちが、証人になってもらいたい」

と、呼びかけた。

「何の証人ですか？」

と、県警の警官たちが、緊張した顔できいた。

「これから、このジャガーのトランクを開ける。何が入っているか、見守ってもらいたいんだ」

と、十津川はいった。

十津川と亀井は、手袋をはめ、横転しているジャガーのトランクをこじ開けた。

なかから、旅行用のトランクケースが三つ出てきた。

それを地面に並べ、錠を叩きこわして、ひとつずつ開けていった。

どのケースにも、一万円札がぎっしり詰まっていた。

全部で、三億円近くあるだろう。

「確認してくれたね？」

と、十津川は、県警の警官たちの顔を見回した。

ひとりが、甲高い声で、

「確認しました」

と、いった。

6

救急車がきて、血まみれの石川を乗せ、湯沢にある総合病院へ運んでいった。

広田警部たちのパトカー三台も、ようやく到着した。

「これが、現金強奪の証拠です」

と、十津川は、広田に三つのトランクケースを示した。

「それで、犯人は？」

と、広田が噛みつくような勢いできいた。

「負傷していたので、救急車で、湯沢の病院へ運びました」

「それなら、われわれもそこへいく。ききたいことが、いくらでもあるからな」

と、広田はいった。

トランクケースは、三台のパトカーにひとつずつ積みこまれ、県警のパトカーに先導されて、湯沢に向かった。十津川と亀井は、トラックの運転手に礼をいってから、広田たちのパトカーに乗りこんだ。

長いトンネルを抜けると、湯沢の空には、粉雪が舞っていた。

湯沢の町は、山間にあるのだが、周囲の山には、まだ深い残雪があり、スキー可能の場所も多いように見えた。

パトカーは、列を作って、湯沢総合病院に着いた。

十津川と広田は、石川敬を手当てした医者に会った。

石川は、額に五針を縫う傷があり、そこからの出血が激しかったと、医者はいった。

「そのほか、手足に打撲傷がありますが、それはたいしたことは、ありません」

「いつ、尋問できますか？」

と、広田が性急にきいた。

「明日になれば、痛みも和らぐでしょうから、可能になると、思いますが」

「明日の何時ですか？」

「まあ、昼ごろと思ってください」

「それより早くなるようにしてください」

と、広田は怒ったような声でいった。

翌日、広田の強引さが認められた形で、午前九時から石川の尋問が病室でおこなわれた。

石川は、観念したとみえ、五針縫った額の痛さに顔をしかめながち、現金強奪事件のこと、東郷由美子殺しのことを、すらすらと喋った。

「共犯の金子は、いま、どこにいるんだ？」

と、広田はきいた。

「相模湖だ」

と、石川はいった。

「殺して、沈めたのか？」

「あの男は、意気地なしで、怖くなれば、すぐぺらぺら喋ってしまう。だから、金を手に入れたすぐあと、殺して、相模湖に運び、重石をつけて沈めたんだよ」

石川は、事もなげにいった。

広田が東京に連絡し、相模湖を捜すように指示している間、十津川と亀井が、代わって、石川に東郷由美子殺しについて尋問した。

「彼女とは、偶然、銀座のクラブで会ったんだ」

と、石川はいった。

「それで、惚れたのか？」

「ああ、惚れて、いろいろと貢いださ。あれは、面白い女だ。可愛い顔をしているくせに、淫乱で、欲ばりだ」

「それなのに、なぜ、殺したんだ？」

と、亀井がきいた。

石川は、にやっと笑って、

「俺のドジさ。一緒にホテルに泊まったとき、つい、自慢したくて、例の現金強奪事件のことを喋ってしまった。あわてて冗談だよといったんだが、失敗《しま》ったと思ったよ。彼女には、罪はないんだが、早く口を塞がなきゃあと、考えたんだ」

「それで、河津七滝か？」

「ああ。あの二日前だったかな。友だちに、伊豆へ旅行しようと誘われているが、気が進まないといったんだ。俺は、チャンスだと思ったよ。このチャンスに殺せば、疑いは、その友人たちにいくんじゃないかと思ったのさ。それで、河津七滝で、会うことにした。まえまえから、シャネルのハンドバッグをほしがってたから、一緒に東京に戻ったら、買ってやるといったんだ」

「スケッチブックを使って、友だちとわかれさせたのは、君の入れ智恵かね？」

と、十津川はきいた。

「まあね」

と、石川はまたにやっと笑った。

「それで、彼女を、車のところへ連れていって、すぐ殺したんだな？」

「そうだ」

「彼女が、君のいうとおりにしたのは、君のことを、疑っていなかったからだろう。それなのに、なぜ殺したんだ？」

と、十津川はきいた。

石川は、小さく首をすくめて、

「女ってのは、油断のならない生き物だからさ。いつ裏切るかわからない。俺は、何度も、女に裏切られてるんだ。だから、まだ大丈夫と思っている間に、殺すのが、安全なんだよ。それにさ――」

と、いったあと、三度《みたび》にやっとし、

「大金が手に入ったんだ。いくらでも、新しい女ができると、思ったのさ」

「簡単に、人殺しをするんだな」

と、亀井が石川を睨んだ。

それには、石川は、返事をしなかった。

「殺した東郷由美子を、国分寺の売出し中の邸に放置したのは、やはりW建設への恨みからかね？」

と、十津川はきいた。

「ああ。俺を、虚仮にしやがったからな。俺は、執念深いんだ」

石川は、真顔でいった。

広田警部が、戻ってきた。

「車のトランクに入っていた以外に、奪った金がまだあるだろう？　どこに隠してるんだ？」

と、広田は石川を睨むようにしてきいた。

石川は、小さく笑って、

「あれだけさ」

「嘘をつくな。ジャガーを買ったとしても、あと一億円はあるはずだ」

「東郷由美子に、貢いだよ」

「それだって、高がしれてるはずだ。それとも、マンションでも買ってやったのか」

「いや。そこまでの女じゃなかった」

「じゃあ、残りの金は、どこなんだ？」

広田は、石川の肩を摑んで、ゆすぶった。

石川は、その手を振り払って、

「ギャンブル」

「ギャンブル？　どんなギャンブルに使ったというんだ？」

「去年の有馬《ありま》記念に、三千万注ぎこんだよ。今年になってからも、五百万、一千万と馬券を買った。呆れたことに、一度も当たらなかったね」

「なぜ、そんな馬鹿なことをしたんだ？」

「俺の金だ。何に使おうと、俺の勝手だろうが！」

石川は、大声を出し、傷口が痛んだのか、呻き声をあげた。

「お前の金じゃない！」

と、広田も怒鳴った。

競馬に大金を注ぎこんだというのが、本当かどうかわからない。しかし、石川は、四人もの男女を殺しているのだ。極刑を、覚悟しているだろう。それが、嘘をつくとは考えにくかった。

十津川と亀井は、病室を出た。

「広田警部が怒るのも、無理はないと思いますよ」

と、廊下で亀井がいった。

「そうだな、ひどい犯人さ」

と、十津川はいった。

「気分直しに外へ出てみませんか。雪が見られますよ」

と、亀井が誘った。

二人は、病院を出た。

近くの山にも、まだ深い残雪がある。

「三月でも、まだ雪があるんだねえ」

と、十津川が感心すると、亀井は、

「私が育った青森の八甲田《はっこうだ》なんか、五月になっても、雪が残っていますよ」

と、得意そうにいった。

「いつか、カメさんとスキーにいきたいな」

と、十津川はいった。

神話の国の殺人

1

「まあ、何というか、かみさん孝行みたいなもんだよ」

と、岡部《おかべ》は、照れ臭そうに、いった。

「奥さんは、喜んでいるだろう？　前に会ったとき、一度も、一緒に旅行したことがないと、ぼやいていたからね」

十津川は、そういって、笑った。

岡部とは、大学時代からの友人だった。十津川と岡部は、大学の近くの同じアパートに住んでいた。

木造モルタルの四畳半のアパートである。もちろん、共同トイレの安アパートだった。そのアパートから、大学までの間に、洒落《しやれ》た造りの喫茶店があって、十津川も、岡部も、時々、コーヒーを飲みにいった。

「ひろみ」という名前の店で、店の主人が、娘の名前を、そのまま店につけたのである。

小柄で、可憐な感じの娘で、彼女の顔を見るのも、その店へいく楽しみのひとつだった。

十津川も、他のクラスメートも、気づかなかったのだが、岡部と、彼女とは、当時から愛し合っていたらしく、卒業した翌年、突然、二人の名前の書かれた結婚式の招待状をもらって、十津川は、やられたなと、苦笑したものだった。

その後、岡部は、サラリーマン生活をやめて、自分で商売を始め、何度か失敗をしながら、今では、従業員が百人を超すスーパーのチェーン店の社長になっている。

十津川の同窓の仲間のなかでは、出世頭といえるかもしれない。

ただ、奥さんには、かなり、苦労をかけたらしかった。

商売が、うまくいかなかった頃は、金のことで、苦労をかけ、成功してからは、女のことでである。

十津川が、耳にしただけでも、銀座のホステスや、若い女性タレントなど、四、五人は、いたようだった。

「そろそろ、落ち着いて、奥さんを大事にしろよ」

と、十津川は、忠告したりもしてきたのだが、それがきいたのかはわからないが、かみさんを連れて、一週間ばかり、九州を旅行してくると、いう。

「なんでも、かみさんは、学生時代に、ひとりで、九州を周遊したそうでね。それが、楽しかったといってるんだ。ハワイにでもいこうといったんだが、九州一周のほうが、楽しいというわけでね」

「いいじゃないか。奥さんにとって、九州が、青春の思い出なんだろう」

と、十津川は、いった。

「周遊券も、かみさんが買ってきてね」

と、いって、岡部は、笑った。

岡部夫妻は、三月二十九日に、東京を出発して、九州に向かった。

十津川は、三月三十一日に、絵はがきをもらった。

〈今、別府《べっぷ》にいる。今日は、ここのKホテルに一泊し、ゆっくり温泉気分を味わってから、明日、日豊本線《にっぽうほんせん》経由で、高千穂《たかちほ》へいくことにしている。前から、かみさんが二十年ぶりに、高千穂峡を見たいと、いっていたのでね。俺も子供に返って、神話の世界で、遊んでくるよ。〉

別府温泉の絵はがきには、特徴のある小さな字で、そう書いてあった。

翌四月一日、十津川は、その絵はがきを持って、警視庁に、出勤した。

十津川が、それを傍に置いて、九州の地図を見ていると、部下の亀井刑事が、覗きこんで、

「別府温泉ですか」

「友だちが、奥さんを連れて、九州一周をしてるんだよ。奥さんを泣かせた罪滅ぼしにね」

「いいですねえ」

と、亀井は、ひとりでうなずいてから、

「そういえば、かみさんと、ずいぶん長いこと、旅行にいっていませんね。たまには、温泉にでもいって、のんびりしたいと、よく、いわれるんですがね」

「私の家内も同じことを、いってるよ」

と、十津川が、笑ったとき、電話が、鳴った。

亀井が、受話器を取ってから、

「九州の高千穂警察署から、警部にです」

と、いった。

「高千穂？」

受話器を受け取りながら、十津川が、いやな予感に襲われたのは、岡部のことを、考えていたところだったからである。今頃は、ちょうど、高千穂へいっているはずなのだ。

(岡部が、どうかしたのだろうか?)

と、思いながら、

「十津川です」

「私は、高千穂署の原田《はらだ》といいますが、岡部功《いさお》という男を、ご存じですか?」

「しっています。大学時代からの友人ですが、彼が、どうかしたんですか?」

「昨日、殺人容疑で逮捕したんですが、あなたに、連絡してくれと、しきりにいいますのでね」

「殺人容疑って、誰を殺したんですか?」

「奥さんです。妻のひろみ、三十九歳を、天《あま》の岩戸《いわど》近くで殺した容疑ですよ」

「まさか――」

と、十津川は、絶句した。

岡部は、かみさん孝行だといって、一週間の旧婚旅行に出かけたのである。その岡部が、妻のひろみを、殺すなんて。

「岡部は、何といっているんです？」

「否認していますが、ほかに、彼女を殺す人物がいないのですよ」

「岡部と話せませんか？」

「それは、駄目です。今も、尋問中ですから」

「彼は、昨日、逮捕されたんですね？」

十津川は、事情をしろうとして、質問した。

「そうです。こちらの調べでは、一昨日、夫妻で、高千穂に着き駅近くの旅館に、泊まりました。三十日です。そして、昨日三十一日の午後八時頃、奥さんが、死体で発見されたわけです」

「岡部には、動機がありませんよ。仲よく、旅行に出かけたんですから」

「そのことですが、二人が泊まっていた旅館の従業員の証言があるのですよ。それによると、昨日の午後、二人は、喧嘩をして、奥さんのほうが、ひとりで、旅館を飛び出していったというのですよ。一時間ほどして、岡部も出ていき、ひとりで、戻ってきた。そして、奥さんが、天の岩戸近くで、死体で、発見されたというわけです」

「その証言は、間違いないんですか？」

と、十津川は、念を押した。

「間違いありませんね。岡部夫妻が、口喧嘩をし、奥さんがひとりで、飛び出していったのを、二人の従業員が、見ているんです。また、岡部がひとりで、天の岩戸付近を、うろついているのも、目撃されています」

2

十津川は、電話を切ってから、考えこんでしまった。

岡部は、気はいいが、短気な男である。

原因はわからないが、高千穂の旅館で、妻のひろみと、喧嘩をしたというのも、事実だろう。

だが、岡部が、彼女を殺したとは、考えられない。何かの間違いに違いないのだ。その岡部が、SOSを発信しているのである。

助けにいってやりたいが、凶悪犯罪の頻発している東京の治安を放棄して、九州へ、飛んでいくわけにはいかなかった。

亀井は、心配しないで、休暇をお取りなさいといってくれたが、夕方になって、世田谷で殺人事件が発生し、捜査本部の置かれた成城《せいじょう》署に移動することになると、岡部を助けるどころではなくなってしまった。

弁護士の小沼《こぬま》が、捜査本部に、訪ねてきたのは、その夜である。

小沼も、大学のクラスメートで、今は、自分の法律事務所を、持っている。

「俺のところにも、岡部から、SOSがきてね」

と、小沼は、いった。

「君が、高千穂へいってくれれば安心だよ」

と、十津川は、ほっとした顔になった。

小沼は、刑事たちが、しきりに出入りする捜査本部の様子を、眺めながら、

「君は、動けそうもないか?」

「この事件が解決するまで、どうしようもないな」

「それなら、俺が、向こうへいって、状況を報告するから、君が、その報告をきいて、適切な指示を与えてくれ。それなら、できるだろう?」

と、小沼が、きいた。

「そのくらいなら、できそうだ」

「よかった。おれも、弁護は得意だが、犯人探しは、下手なんでね」

「君が、ひとりでいくのか？」

「いや、中田も、一緒にいってくれることになっている」

「中田信夫《なかたのぶお》か。あいつは、大阪支店に転勤になったんじゃないのか？」

と、十津川は、きいた。

中田は、十津川の仲間では、一番できのよかった男で、卒業と同時に太陽商事に入社している。

この前会った時、四月一日付で、大阪支店の営業部長になるといっていたのだ。

「そのとおりだが、彼も、岡部のことをしってね。三日間、休暇を取ってくれたんだ。それで、明日、二人で高千穂へいってくる」

と、小沼は、いった。

「もし、岡部に面会できたら、私が、いけなくて、申しわけないといっていたと、伝えてくれ」

と、十津川は、頼んだ。

ともかく、小沼と中田の二人がいってくれれば、安心だと思った。

何といっても、小沼は腕利きの弁護士だし、中田は、頭が切れる。岡部が無実なら、助けてくれるだろう。

こちらの事件のほうは、被害者の身元が、なかなか、割れなかった。

世田谷区成城に建つマンションが、現場だった。

小田急線の成城学園前近くのマンションは、地上げされて、居住者の三分の二が、すでに引っ越してしまっている。

その空《あ》いた部屋で、火災が起き、焼け跡から、黒焦げの女性の死体が、発見されたのである。

顔の判別も難しいほど焼けてしまっていたが、年齢は三十歳前後、身長百六十五センチと、やや大柄である。

肋骨に、ナイフで刺されたと思われる傷痕があったことから、何者かが、殺してから、部屋に火をつけたのだろう。

その部屋の前の持ち主は、五十五歳と、五十歳の中年夫婦だったから、被害者は、犯人に、この部屋に連れこまれて、殺されたか、あるいは犯人が、殺してから、この部屋に運んで、火をつけたのだろう。

歯型からも、なかなか、身元を、割り出せなかった。

そうなると、持久戦である。被害者の身元が割れないと、捜査上、先に進まないからである。

翌四月二日の午前十一時に、小沼から、電話が入った。

「今、大分だ。大分空港で、中田とも落ち合ってね。これから、高千穂へいく」

と、いやに張り切った声でいい、中田に代わった。

「刑事の君がきてくれていたら、心強いんだがな」

と、中田は、いった。

「君は、大阪に転勤早々で、会社のほうは、大丈夫なのか？」

それが、心配で、十津川は、きいてみた。

「大丈夫だよ。会社には、事情を話して、休暇を取ったよ」

と、中田は、電話の向こうで、笑った。

十津川は、電話が切れると、机の引き出しから、時刻表を取り出して、九州の地図を見た。

大分からは、日豊本線で、延岡《のべおか》までいき、延岡からは、高千穂線である。

大分から、延岡まで、特急で二時間。その先の高千穂線は、典型的なローカル線だから、普通列車だけで、二時間近くかかる。

（ずいぶん遠くで、岡部の奥さんは、殺されたものだな）

と、十津川は、思った。

「経堂《きょうどう》の歯科医から電話が入りました。一年前に、そこで、歯の治療をした患者らしいといっています」

と、亀井が、いい、十津川は、時刻表をしまって、パトカーで、出かけることにした。

「お友だちのことは、ご心配ですね」

亀井が、車のなかで、いった。

「昔の仲間が二人、いってくれたから、大丈夫だよ。それより、こっちの事件のほうが、大事だ」

と、十津川は、自分にいいきかせる調子で、いった。

電話をくれたのは、沢木《さわき》という歯科医だった。

沢木は、一年前のカルテを、十津川たちに見せて、

「この人だと、思いますがね」

「高見《たかみ》まり子。二十九歳ですか」

「ええ。照会のあった義歯は、私がいれたものに間違いないと、思いますよ」

と、沢木は、いう。

十津川と、亀井は、そのカルテにある住所を、手帳に書き写した。

この近くのマンションだった。

九階建ての真新しいマンションの七〇二号室に「高見」と、小さく書いた紙が、貼りつけてあった。

ドアの郵便受には、新聞が、突っこまれ、二部ほどが、ドアの前に落ちていた。

管理人にきくと、高見まり子は、五日ほど前から、姿を見かけなくなっていたと、いう。

銀座のクラブのホステスらしいとも、管理人は、いった。

十津川と、亀井は、管理人に立ち会ってもらって、ドアを開け、部屋に入った。

2LDKの部屋は、いかにも、女性のものらしく、ピンクのカーテンや、花模様の絨毯で、飾られている。

白い色の応接セットや、寝室のベッドも、真新しかった。

「誰かが、部屋のなかを、調べていますね」

と、亀井が、いった。

洋服ダンスの引き出しや、三面鏡の引き出しのなかが、明らかに、かき回されているからである。

しかし、ダイヤの指輪や、銀行の通帳などは、残っていた。

物盗りが、部屋のなかを、探し回ったわけではないのだ。

「ここを見て下さい」

と、亀井が、バスルームから、十津川を呼んだ。

トイレと一緒になっているバスルームにも、ピンクのタイルが、使われていたが、タイルの継ぎ目のところに、明らかに、血痕と思われる染みが、残っていた。それも、五、六カ所である。

すぐ、十津川は、鑑識を呼んだ。

部屋のなかから、高見まり子だけの写真が、見つかった。

目の大きな、なかなかの美人である。

「成城の被害者が、この高見まり子だとすると、ここで殺されて、あそこへ、運ばれたかな」

と、十津川は、いった。

「部屋を荒らしたのは、犯人でしょう。たぶん、彼女と一緒に写っている写真とか、手帳とかを、探して、持ち去ったんだと思いますね」

と、亀井が、いった。

鑑識がきて、部屋の写真を撮り、バスルームの血痕と思われるものを、採取していった。

十津川と、亀井は、いったん、成城署に戻った。

死体の司法解剖報告と、消防署の火災に関する報告書が、届いていた。

それによって、いくつかのことがわかった。

死亡推定時刻は、三月二十九日の午後一時から二時の間で、死因は、失血死である。

また、火災現場から、タイマーの破片が見つかったことから、室内に、灯油をまいておき、タイマーを使って、発火させたものと、考えられるという。

火災が起きたのは、四月一日早朝、午前五時である。

と、すると、犯人は、三月二十九日に、殺しておき、三十日か、三十一日に、タイマーをセットして、火災を起こさせたのだろうか？

その日の午後九時をすぎて、経堂のマンションのバスルームのものが、人間の血で、血液型は、B型と、わかった。

焼死体の血液型もB型である。

これで、被害者は、まず、高見まり子と断定していいだろうと、十津川は、思った。

亀井と、西本刑事に、高見まり子が働いていた銀座のクラブ「ゆめ」に、いってもらったあとで、高千穂へいった小沼から、電話が、入った。

「今、いいか？」

と、小沼は、きいてから、

「岡部には、まだ、会わせてもらえないが、事件の詳しいことは、きくことができたよ。中田と二人で、調べてもみた」

「それで、どんな具合なんだ？」

「正直にいって、岡部は、まずい立場にいるねえ。それを、これから話すから、君の知恵を借りたいんだ」

と、小沼は、いった。

岡部夫妻は、三月三十日の午後五時頃、高千穂の旅館「かねだ」に、入った。

翌、三十一日、朝食のあと、岡部は、いつもやっているジョギングに出かけた。

その頃までは、別に、夫婦の間で、喧嘩は起きていない。

夕方、二人は急に喧嘩を始め、妻のひろみが、午後五時半頃、旅館を、飛び出した。岡部も、そのあとで、旅館を出ていった。

午後八時すぎに、天の岩戸近くで、ひろみの死体が、発見された。

「司法解剖の結果、彼女が殺されたのは、三十一日の午後六時から七時の間で、絞殺だよ」

と、小沼は、いった。

「岡部は、夫婦喧嘩の原因について、何といっているんだ？」

と、十津川は、きいた。

「取り調べの刑事には、こういってるそうだ。三十一日の夕方になって、急に、ひとりで、いってきたいところがあると、彼女が、いった。なぜ、ひとりでいくのかときいても、頑として、理由をいわない。それで、かっとして、殴り、喧嘩になってしまったとね」

「向こうの刑事は、それを、信用しているようかね？」

「わからんね。とにかく喧嘩があって、奥さんが、ひとりで旅館を飛び出し、そのあとで、岡部も、出かけたことは、事実なんだ。旅館の従業員も、見ているしね。警察は、岡部が、追いついて、また喧嘩となり、かっとして、絞殺したと、見ているようだよ」

「岡部に、有利なことは、何もないのか？」

と、十津川は、きいた。

「ひとつだけ、見つけたよ。二人の泊まった旅館『かねだ』のおかみさんの証言なんだがね。三十一日に岡部が朝のジョギングに出たあと、男の声で電話がかかって、奥さんが出ているんだ」

と、小沼は、いう。

「それは、面白いね」

「そうだろう。俺も、中田も、ひょっとすると、その男が、岡部の奥さんを、天の岩戸に呼び出して、殺したんじゃないかと、思っているんだがね」

「その証言は、県警も、しっているのかな？」

「ああ、しっていると、いっていた」

「それで、どう考えているんだろう？」

「その電話は、東京からかかってきたことは、わかっているんだ。ただ、東京のどこからかは、不明だ。午前九時頃にね、東京からかかってきたことだけは、わかっている。そこで、向こうの警察は、こう考えているんだよ。殺された奥さんのボーイフレンドが、東京から、電話してきて、それを、岡部が、嫉妬して、喧嘩になったとね。腹を立てた奥さんが、旅館を、飛び出した。岡部が追いかけていき、天の岩戸の近くで、絞殺したとね」

「岡部から直接、話はきけないのか？」

と、十津川は、きいた。

「今のところ、無理のようだね。俺は、県警に、要求しているんだがね。起訴されれば、当然弁護士として、面会は、許可されるが」

「起訴される前に、助けてやりたいね」

「俺も、中田も同じことを考えているんだが、今のところ、岡部に不利だね。真犯人を見つけられれば、一番いいんだが」

と、小沼は、いった。

「君は、朝の電話の男が、真犯人だと思っているんだな？」

「ああ、そうだ。だが朝の九時に東京にいた男が、午後六時から七時の間に、ここまできて、殺人ができるかどうかが、問題だし、第一、その男が、どこの誰とも、わからないんだ」

「これから、どうするんだ？」

「それを、プロの君に、相談したいんだよ。俺と、中田で、どうしたら岡部を助けられるかを、教えてもらいたいんだよ」

と、小沼は、いった。

「そうだな。まず何とかして、岡部の話をききたいね。彼に何か思い当たることがあるかどうかだ。前から奥さんは、犯人に脅迫されていたのかもしれないしね」

「わかった。もう一度、高千穂署の刑事に、頼んでみるよ」

「もうひとつは、現場周辺の聞き込みだ。岡部の奥さんが殺されるのを、誰かが、見ているかもしれないからね。天の岩戸なら、高千穂では、観光の名所になっているんだろうから、目撃者の見つかる公算は、大きいと思うがね」

と、十津川は、いった。

「とにかく、中田と、やってみるよ」

と、小沼は、いった。

自分が、現地にいっていないだけに、十津川は、いら立ちを覚えるのだが、これぱかりは、どうしようもなかった。

3

東京の殺人事件のほうは、少しずつだが、進展していった。

殺された高見まり子が働いていた銀座のクラブにいった亀井と西本が、彼女と特に親しかった客のリストを、持ち帰ったからである。

「彼女は、色白で、美人だったので、客には、人気があったようです」

と、亀井は、いった。

十津川は、三人の男の名前と、経歴に、目をやった。

「これは、店のマネージャーの話ですが、そのなかのひとりと、彼女は結婚を考えていたらしいというんです。間もなく、三十歳になるというので、そんな気になっていたんだろうと、いっていましたが」

と、西本がいうのをききながら、十津川は、ひとりひとりの名前と、経歴を見ていった。

白石圭一郎《しらいしけいいちろう》（50）Ｍ生命管理部長
青山豊《あおやまゆたか》（31）デザイナー
中田信夫（40）太陽商事営業第一課長

十津川は、三番目の名前を見て、はっとした。

どう見ても、友人の中田に違いないのである。今、大阪支店だが、それまでは、確か、本社の営業課長だった。

「この三人だがね、本当に、被害者と、深い関係があったのかい？」

と、十津川は、目をあげて、亀井と、西本を見た。

「それは、間違いありません。店のマネージャーだけでなく、ホステスの証言もあります」

と、亀井が、いった。

「じゃあ、ひとりひとりについてきこうか。白石圭一郎とは、どんな具合だったんだ？」

「白石は、重役の娘と結婚していて、資産家です。高見まり子は、そこに目をつけたんだと思いますね」

「目をつけたといっても、相手には、奥さんがいるんだろう?」

「だから、彼女は、白石に対しては、結婚を要求していたわけではなく、手切金を、要求していたようです」

「それで、白石は、払ったのかね?」

「本人は、払ったといっています」

「次の青山豊は?」

「彼は、独身ですが、フィアンセがいます」

「それなのに、被害者と、つき合っていたのかね?」

「いえ。高見まり子のほうが、フィアンセより先です。フィアンセができて、彼は、高見まり子と、わかれたがっていたそうです」

「それなら、殺す動機は、充分にあるわけだ」

「そうですが、彼には、アリバイがあります。高見まり子が殺されたと思われる日と、その前後に、彼は、フィアンセと、アメリカにいっているのです」

「すると、青山は、シロか?」

「そうなります」

「三番目の中田信夫は、どうなんだ？」

十津川は、努めて、平静に、きいた。

「今のところ、この男が、一番容疑が濃いように思います」

と、亀井が、いう。

「なぜだね？」

「中田は、客の接待に、銀座のこの店をしばしば使っていたんですが、彼のほうから、高見まり子を、口説いています」

「奥さんがいるんだろう？」

「そうなんですが、妻は愛してないので、すぐわかれると、高見まり子に、いっていたそうなんです」

「たいていの男は、そういって、女をくどくんじゃないのかね？　二十九歳のホステスが、男のそんな言葉を、まともに信じたとは、思えんが」

と、十津川は、いった。

無意識に、中田のために、弁護している感じだった。

「それはそうですが、高見まり子は、店のホステス仲間に、中田さんと一緒になると、いっていたそうです。それも、真剣にです」

と、西本が、いった。

「それで？」

「ところが、その中田が、大阪支店に、転勤になることが決まりました。単身赴任です。高見まり子は、ちょうどいいから、自分も、店をやめて、一緒に、大阪へいくと、いったらしいのです」

「それに、中田は、どう答えたのかね？」

「それは、わかりません。が、その直後に高見まり子が、行方不明になり、今度、死体で見つかったわけです」

「それだけでは、この中田という男が、犯人とは決めつけられんだろう？」

と、十津川は、きいた。

あの中田が、殺人事件など起こすはずがないという気持ちがある。

「確かに、警部のいわれるとおりです」

亀井があっさりいって、少しだけ、十津川を安心させてくれた。

「問題は、この三人、いや、青山には、アリバイがあるから二人ですが、どちらが、あの焼けたマンションのことを、しっていたかということになると思います」

と、西本刑事が、いった。

「そうだな。あのマンションが、地上げで、ほとんど空部屋になっていることを犯人は、しっていたわけだからね」

「それを、調べてみます」

と、西本は、張り切って、いった。

「頼むよ」

と、十津川は、いったが、そのあとで、ふと、前に中田と会った時のことを思い出した。

十津川の顔が、蒼ざめたのは、その時、中田が、地上げで、空部屋だらけとなったマンションの話をしていたのを、思い出したからである。

(あれは、どこのマンションの話だったろうか?)

十津川は、考えこんでしまった。

確か、中田が、週刊誌を持ってきていて、そのグラビアを、話題にしたのだ。あの週刊誌は、何という雑誌だったろうか? 考えたが、思い出せない。

一カ月ほど前の二月末である。二十七日か、二十八日だ。

十津川は、資料室にいくと、その頃に出た週刊誌を、片っ端から、調べてみた。

　それが見つかった時、十津川は、また、重苦しい気持ちになった。

　廃墟のようになったマンションの写真の下には「世田谷区成城のレジデンスSEIJO」と、あのマンションの名前が、書いてあったからである。

（参ったな）

と、思った。

　中田は、あのマンションについての知識があったのだ。

　高見まり子を殺して、死体の捨て場所に困った時、前にグラビアで見た「レジデンスSEIJO」のことを、思い出したのかもしれない。

　あの廃墟のようなマンションの空部屋に運び、焼いてしまえば身元は不明にできると考えたのではないか。

（いや、そんなはずはない！）

と、十津川は、あわてて、自分の考えを、打ち消した。

　その週刊誌は、何十万と売れているはずである。中田以外の人間が、高見まり子を殺したとしても、その人間が、この週刊誌を読んでいる可能性は、相当な高さなのだ。

翌日、昼頃に、小沼から、電話が入った。

「何とか、岡部に、会わせてもらったよ」

と、小沼は、疲れた調子で、いった。

「それは、よかった」

「ただし、君の名前も使ったぞ。そうじゃないと、高千穂署では、会わせてくれないんだ」

「構わんさ。それで、岡部は、何といってるんだ？」

と、十津川は、きいた。

「三十一日に、ひろみさんと喧嘩したことは認めたよ」

「原因は、彼女にかかってきた電話のことか？」

「いや、その時は、電話のことはしらなかったと、いっていたよ。夕方になって、急に、ひろみさんが、ひとりで、出かけてくると、いったんだそうだ。せっかく、高千穂へ一緒にきたのに、なぜ、ひとりで、出かけるんだと、岡部が怒ったらしい。ところが、ひろみさんが、何としても、理由をいわない。そこで、岡部は、かっとして、彼女を殴ってしまったんだな。岡部には、彼女のために、仕事を休んで、九州へきたという気持ちがあったからだろうね。ひろみさんはひとりで、旅館を出ていった。岡部は、勝手にしろと、ほうっておいたが、旅館の人から、彼が、ジョギングに出ている間に、男から、奥さんに電話があったときいて、急に不安になって、彼女を、探しに出かけたんだ。いくら探しても、見つからないので、旅館に戻った。そのあと、突然、高千穂署の刑事がやってきて、逮捕、連行されたわけさ」

小沼は、いっきに、喋った。

「岡部は、自分は犯人じゃないと、いってるんだな?」

「ああ、絶対に、殺してないと、いっているよ」

「奥さんを殺した人間に、心当たりは、ないんだろうか?」

「それも、きいてみたがね、まったくないといっているよ。こうもいっていたね。俺は、ひょっとして、他人に恨まれているかもしれないが、家内は、違う。優しいし、世話好きで、絶対に、他人に恨まれるはずがないとね。俺も、ひろみさんをよくしっているが、あんな気持ちの温かい女性はいないね」

「だが、殺されたんだ」

「そうなんだ。犯人の動機が、わからんよ」

と、小沼は、電話の向こうで、溜息をついている。

「中田は、そこにいるのか？」

「ああ、代わるよ」

と、小沼が、いい、すぐ、中田の声に代わった。

「聞き込みは、はかばかしくないんだ。午後六時すぎというと、もう、暗くなっていたしね。岡部に有利な目撃者は見つからなかったよ。今日も、もう一度、歩いてみるがね」

「そうしてくれ」

と、十津川は、いってから、

「君は、高見まり子という女をしっているかい？　銀座のクラブで働いているホステスだが」

「たかみ？」

と、中田は、おうむ返しにいってから、

「僕が、東京本社にいた時、接待によく使っていたクラブに、高見まり子というホステスがいたよ。彼女が、どうかしたのか？」

「本当に、しらないのか？」

「しらないよ。大阪支店へ、きてしまっているからね」

「ああ。犯人は、殺したあと、住人のいないマンションの部屋に運びこんで、死体を焼いている」

「本当かい？　それ」

「殺されたんだ」

「ひどいことを、するもんだな」

「君とは、どの程度のつき合いだったんだ？」

「おい、おい、僕を疑っているのか？」

と、中田が、きいた。

「いや、少しでも、彼女とつき合いがあった人物は、全員、調べているんだよ。君も、そのなかのひとりというわけだ」

「彼女は、美人だが、男にだらしがなくてね。あの店へよくいく男は、全員誘われたんじゃないかな。その結果、一千万円もの手切金を取られた人もいたそうだよ」

「君も、彼女と関係があったのか？」

「ああ、二度くらいかな。どうも危険な感じがしたんで、その後は、なるたけ、つき合わないようにしていたよ」

「彼女が殺されたのは、三月二十九日の午後一時から二時の間なんだが、その時間のアリバイはあるかね?」

と、十津川は、きいた。

「やっぱり、疑っているのか」

と、中田は、いってから、

「その時間は、サラリーマンは、会社にいるよ。もちろん、僕もね。それで、アリバイになると思うがね」

と、いった。

十津川は、その言葉に、ほっとして、電話を切った。

だが、夕方になって、聞き込みから戻ってきた西本が、

「中田信夫には、アリバイがありません」

と、報告した。

「しかし、午後一時から二時というと、どこの会社でも、昼休みが終わって、仕事をしているんじゃないかね?」

「普通は、そうなんですが、中田は、四月一日に、大阪支店へいくので、三月二十八日、二十九日の両日は、お得意を、挨拶回りしていたんです。したがって、

会社には、朝出ただけです。そのあと、三十一日に、大阪に向かい、四月一日の朝、大阪支店に出勤しています。つまり、二十九日の午後一時から二時の間のはっきりしたアリバイは、ないんです。自分の車を使って、都内を、回っていたわけですから」

と、西本が、いう。

十津川は、努めて、冷静に、

「それは、間違いないんだろうね？」

と、確認を取った。

「間違いありません。車で回っていたとすると、あの焼けたマンションに、死体を運ぶこともできたと思いますね」

「わかった」

と、十津川は、いった。

4

（中田は、犯人なのだろうか？）

だが、その中田は、今、小沼と一緒に、高千穂で、友人の無実を実証しようとして、頑張っている。

（皮肉なものだ）

と、思った。中田は、自分が、殺人容疑をかけられているのに、同じ立場の友人を、助けるのに必死でいるのだ。

だからこそ、中田は、無実かもしれないなと、十津川は、考えた。

自分が、危い立場なら、友人のことに、かまっていられないだろうからである。

そう考えてやろうと、十津川は、自分にいいきかせ、東京の道路地図を、広げた。

犯人が、経堂の高見まり子のマンションで彼女を殺し、成城のマンションまで運んだとして、どの道路を、使っただろうかと、思ったからである。

直線距離にして、約三キロでしかない。

車で運べば、あっという間に着けるだろう。

郊外の雑木林なんかまで運ぶより、廃墟に近いマンションは、格好の死体の捨て場所だったに違いない。

そんなことを考えているうちに、十津川は、あることに気づいて、目を剝いた。

岡部の家が、経堂と成城学園の中間、祖師谷大蔵《そしがやおおくら》にあったのを、思い出したのである。

(これは、偶然だろうか?)

十津川は、考えこんでしまった。

偶然に決まっていると思ったが、気になって、頭から、離れなくなった。

十津川は、ひとりでパトカーを運転して、まず、経堂の高見まり子のマンションに、いった。

そこから、成城の焼けたマンションに向かって、車を走らせた。

やはり、その途中で、岡部の家の近くを通るのだ。

十津川は、いやな予感に襲われた。彼は、岡部邸の近くで、車を駐め、じっと、考えこんだ。

(まさか——)

とは、思う。

しかし、ひょっとして、中田は、岡部の妻のひろみを殺したのではないのか。

そんな疑問が、わいてきてしまったのだ。

十津川は、しばらくして、パトカーから降りると、岡部邸に向かって、歩いていった。

岡部の妻は、高千穂で殺され、岡部自身は、妻殺しの容疑で、逮捕されているが、留守番はいると思った。

高いコンクリートの塀をめぐらせた豪邸である。

門の前に立ったが、邸のなかは、ひっそりと静かだった。

（誰もいないのかな）

と、思いながら、門柱についているインターホンを押すと、なかから女の声で、返事があった。

出てきたのは、五十五、六歳の女で、前から、岡部邸で働いているお手伝いだということだった。

ひろみが、高千穂で殺されたことは、しっていて、

「これから、どうしたらいいでしょうか？　ご主人からも、連絡がありませんしね」

と、十津川に、いった。

「留守番をしていて下さい」

と、十津川は、いってから、

「三月二十九日と、三十日は、ここにきていましたか？」

と、相手にきいた。

「毎日、午前十時にはきて、夕方六時まで、ここで、お食事を作ったり、お掃除をしたりしていますから、二十九日と三十日も、同じですわ」

「ここの奥さんは、毎日、何をしているんですか？」

「お食事の献立ては、奥様が考えますし、午後は、エアロビクスを習いに、通っておられましたけど」

「エアロビクスだね。場所は、どのあたりか、しっていますか？」

「ええ。駅の向こう側ですわ」

「駅というのは、祖師谷大蔵の駅のことですか？」

「ええ」

「奥さんは、そこまで、車で通っていたんですか？」

「いいえ。近いので、バイクで、通っておいででしたわ」

と、いい、お手伝いは、車庫の隅に置かれた、五十ccの赤いバイクを、見せてくれた。

傍にヘルメットも、ちょこんと、おいてあった。

「ここから、そのエアロビクスのレッスン場へいく道順を、教えてくれませんか」

と、十津川は、頼んだ。

お手伝いは、彼の手帳に、ボールペンで、地図を描いてくれた。

(やはりか)

と、十津川は、思った。

経堂から成城へいく道路を、通っていくのだ。

「奥さんが、レッスンにいく時間は、いつも何時頃ですか?」

「たいてい、午後二時すぎに、家を出ていらっしゃいましたわ」

と、お手伝いは、いった。

「三月二十九日もですか?」

「ええ、いつもと同じでした」

5

十津川の頭のなかで、ひとつの仮説が、できあがっていった。

嬉しくない仮説なのだ。

中田が、犯人という仮説だからである。

中田は、二十九日の午後一時から二時の間に、経堂の高見まり子のマンションで、彼女を、殺した。

おそらく、かっとして、殺してしまったのだろう。

しばらくは、呆然としていただろうが、冷静になってから、死体の処理に、悩んだ。

そのままで、死体が見つかれば、当然、親しくつき合っていた自分に、疑いの目が、向けられる。

死体を、どこかに運ばなければならない。

そこで、中田は、週刊誌で見た成城のマンションのことを思い出した。

ひとまず、あそこに運んでおこう。彼は、死体を、毛布に包むかして、部屋から運び出し、乗ってきた車のトランクに、押しこんだ。

そして、成城に向かった。

ところが、祖師谷大蔵近くの信号で停車している時、エアロビクスにいく岡部ひろみのバイクと、偶然、出会ってしまったのではないだろうか？

たぶん、中田の車の横に、バイクできて、声をかけたに違いない。夫の友人だし、顔見知りだから、ひろみとしたら、素直に、声をかけたのだろうが、中田は、蒼くなった。

二十九日の午後三時頃だったのかもしれない。

とにかく、中田の車が、岡部ひろみのバイクと出会ったことが、想像される。ひょっとすると、その時、死体を入れた車のトランクから、何かが覗いていたのかもしれない。もし、それを、見られていたとしたら、中田が、岡部ひろみを、殺そうと考えても、不思議は、ないのである。

さすがに、途中で、自分の推理に、自分で嫌気を感じてしまったが、それでも、この推理は、捨て切れなかった。

十津川は、自分の胸のなかだけにしまっておけなくなって、捜査本部に戻って、亀井にだけ、打ち明けた。第三者の立場にいる亀井の判断を、求めたのである。

亀井は、黙って、きいていたが、すぐには自分の考えをいわず、

「少し、歩きませんか」

と、十津川を誘った。

二人は、成城署を出て、歩き出した。

「警部は、中田さんが、犯人であってほしくないと、思われているわけでしょう?」

と、亀井が、歩きながら、きいた。

「友人としてはね。だが、刑事としては、別だよ。友人だからといって、私情を、はさめない」

「高見まり子殺しについては、中田さんには、アリバイは、ありませんね。大阪支店にいくので、車で、お得意を、挨拶回りしていたわけですから」

「そうなんだ。二十九日の午後一時から二時までの間に、誰かに会っていれば、アリバイが、成立するが、はっきりしているのは、昼食を、M企画の部長と一緒にとっていることだけでね。この部長とも、一時前には、新宿で、わかれている。そのあとは、午後六時から、K興業の役員と、銀座で、夕食を共にし、その

あと、飲んでいる。これは、前から、約束があったらしいんだ」

「すると、一時から二時までは、やはり、アリバイはなしですか？」

「そうなんだ。二十九日の夕方から夜には、今いったように、約束があるので、昼間、死体を、運んだんだろうということも、考えられるんだよ。翌三十日も、お得意と、夜は、飲むことになっていたようだからね」

「そうですか」

「つまり、私の推理が成立する可能性が強いということなんだ」

十津川は、重い口調で、いった。

親しい友人を、疑わなければならないというのは、辛いことだった。

いつもの事件なら、犯人が浮かびあがってくれれば、嬉しさが広がるものだが、今度だけは、違っている。

「中田さんが、犯人かどうか、確かめられたら、どうですか？」

と、亀井が、いった。

「確かめるといってもね、カメさん。たんにきけば、否定するに決まっているし、高見まり子殺しについては、アリバイがないんだよ」

「岡部ひろみ殺しのほうは、確かめようがあるんじゃありませんか」

「そうかな？」

「高千穂のほうが、どうなっているのか、教えていただけませんか」

と、亀井が、いった。

十津川は、向こうで進行している事件の概要を亀井に、説明した。

「お茶でも飲みながら、二人で、検討してみませんか」

と、亀井は、きき終わったあと、十津川を誘った。

二人は、目の前に見えた喫茶店に入り、コーヒーを注文した。

亀井は、ブラックで、ひと口飲んでから、

「三十一日の午後六時から七時の間に、岡部ひろみさんは、高千穂で、殺されたわけですね?」

と、確かめるように、きいた。

「そうだ。天の岩戸の近くで、殺された」

「一方、中田さんは、四月一日の朝、大阪支店に、出勤したわけでしょう。転勤第一日ですから」

「ああそうだ」

「前日の夜六時から七時までの間に、高千穂で、人を殺して、翌一日の朝、大阪の、会社にこられるものかどうか、調べてみられたら、いかがですか？　もし、不可能なら、中田さんは、岡部ひろみさんを、殺してないことになります。それが、即、高見まり子の殺人のシロを証明することにはなりませんが、シロの可能性は、強くなると思いますよ」

と、亀井は、いった。

十津川の顔が、急に、明るくなった。

「カメさんのいうとおりだよ。なぜ、そんな簡単なことに、気づかなかったのかね」

「いつもの警部じゃなかったからでしょう」

と、亀井は、笑った。

「私は、明日大阪へいってみる。中田が四月一日の朝、本当に支店に出勤したかどうかを、確かめる。カメさんも一緒にいってくれないか。中田は、高見まり子殺しの有力容疑者だから、大阪行も、認めてくれるはずだ」

「喜んで、同行させていただきます」

と、亀井も、いった。

6

十津川と、亀井は、翌朝早く、新幹線で大阪へ向かった。

中田の勤めている太陽商事の大阪支店は、大阪駅の近くにあった。

二人は、新幹線の新大阪から、タクシーで、太陽商事に向かった。

着いたのは、九時四十分で、もちろん、社員は、出勤していた。

十津川と、亀井は、大竹《おおたけ》という支店長に会った。

大竹も、二年前に、東京本社から、赴任してきたということだった。

「中田君は、明日から出勤するそうですよ」

と、大竹は、いった。

「その中田さんですが、四月一日から、こちらにきたわけですね？」

亀井が、十津川に代わって、きいた。

十津川は、黙って、話をきいている。

「そうです。しかし、親友の奥さんが、九州で殺され、この友人が、犯人にされたというので、休暇をとって、あわただしく、出かけました。大変ですよ。彼も」

大竹は、同情するように、いった。

「四月一日は、何時に出社したか、覚えておられますか？」

と、亀井が、きいた。

「よく覚えていますよ。うちは、午前九時始業ですが、四月一日は、三十分ほど、おくれて、駆けつけましたよ。息をはずませていましてね。申しわけありません。転勤早々、おくれてしまいましてって、私に、頭を下げていましたからね」

と、大竹は、笑った。

「すると、九時三十分に、出社したわけですか？」

「そうです。九時三十分でしたね。中田君が、あんまり恐縮するんで、私が、時計を見て、三十分くらい気にするなと、いったんで、覚えているんです」

「彼は、なぜ、三十分遅刻したか、その理由を、いいましたか？」

と、初めて、十津川が、質問した。

「うちで、中田君のために、野田《のだ》に、マンションを用意したんですが、馴れないので、そこから、乗る電車を間違えてしまったんだといっていましたよ。まあ、大阪が初めてだそうだから、仕方がないでしょう」

と、大竹はいった。

二人は、支店長に礼をいうと、外に出た。

「三月三十一日の午後六時から七時の間に、高千穂で、人を殺した人間が、翌日の午前九時半に、大阪の会社に出勤できるかどうか、調べてみようじゃありませんか？　不可能なら、警部のお友だちは、シロですよ」

と、亀井が、いった。

二人は、まだ、モーニングサービス中の喫茶店に入った。

三百五十円で、コーヒー、トースト、それにボイルドエッグがついてくる。

二人は、それを前に置いて、用意してきた時刻表を広げてみた。

「犯人に有利なように、三月三十一日の午後六時に、高千穂で、岡部ひろみを、殺したことにして、考えてみようじゃありませんか」

と、亀井は、いった。

「犯人は、高千穂線に乗って、延岡に出て、あとは、日豊本線で、小倉《こくら》に出て、小倉からは、新幹線で大阪というコースをとるだろうね」

十津川は、索引地図を見ながら、そのコースを、指でなぞった。

「高千穂発一八時五一分という電車がありますね。その前は、一六時〇三分発だから、乗れません」

亀井は、高千穂線のページを見て、いった。

「延岡着は、二〇時二七分か」

と、十津川。

「これに接続する日豊本線の上りは、二一時〇三分延岡発の寝台特急『彗星《すいせい》82号』ですが、これは季節列車だから、駄目ですね」

「そのあとというと、〇時五三分延岡発の急行『日南《にちなん》』しかないんだな。これに乗ると、小倉着は、四月一日の午前六時一二分だ。ちょっと間に合いそうもないよ」

「小倉発六時五〇分の『ひかり20号』に乗れますが、この列車の新大阪着が、九時三六分です。新大阪から大阪駅近くの太陽商事の大阪支店までは、三十分はかかりますから、午前十時すぎにしか、出社できませんよ」

と、亀井が、いった。

「新幹線が間に合わないとすると、飛行機か」

「そうですね。福岡→大阪間は、飛行機が、飛んでいます」

と、いいながら、亀井は、国内線の航空ダイヤのページを開いて、

「午前八時〇〇分の、ANAに乗れば、大阪には、九時〇〇分に着きますね」

「問題は、その飛行機に乗れるかどうかと、伊丹《いたみ》空港から、大阪市街までの時間だね」

「伊丹空港から、大阪駅まで、定期バスで、三十分ですから、何とか間に合いますね。あとは、午前六時一二分に、小倉に着いて、福岡空港に、八時までに着けるかですね」

「それを、検討してみよう」

と、十津川は、いった。

小倉から博多《はかた》まで、一番早くいけるのは、やはり、新幹線だろう。

新幹線の小倉始発は、七時〇〇分である。これに乗ると、七時二〇分に博多に着ける。

しかし、タクシー待ちや、搭乗手続を考えると、果して、福岡空港を、八時に出発する飛行機に、乗れるのか？

博多駅から、空港までは、車で、十三分と出ている。

単純に計算しても、博多着七時二〇分では、それに、十五分プラスして、七時

三十五分になってしまうのだ。

それに、乗り換えなどの時間が、プラスされたら、やはり、八時〇〇分発の飛行機には、乗るのは難しいだろう。

「だんだん、お友だちは、シロくさくなってきましたよ」

と、亀井は微笑んだ。

もし、不可能ならば中田は、少なくとも、岡部ひろみ殺しについては、シロになるのだ。

十津川は、はじめて、トーストを、ちぎって口に入れ、コーヒーを飲んだ。

「まだアリバイが成立したわけじゃないよ」

と、十津川は、慎重に、いった。

「しかし、これ以上早く、大阪にいけるルートは、ないんじゃありませんか？」

と、亀井が、きいた。

「そうならいいがねえ」

と、十津川は、なおも時刻表を見ていたが、

「ほかの空港があるよ」

と、いった。

「どんな空港ですか？」

「九州の各空港から、大阪まで、飛行機が飛んでいるんだ」

と、十津川は、いい、その一番機の時刻を、書き抜いた。

大　分　九時〇五分→大阪　九時五五分
熊　本　七時五〇分→大阪　八時五〇分
長　崎　七時五五分→大阪　九時〇〇分
宮　崎　八時一〇分→大阪　九時一〇分
鹿児島　七時五〇分→大阪　八時五五分

「見てみたまえ。大分発は、間に合わないが他の四本は、何とか間に合うんだよ」

と、十津川は、いった。

「問題は、その飛行機に間に合うように、それぞれの空港に着けるかどうかですね」

亀井が、いう。

それを検討してみることにした。

犯人は、高千穂線で延岡に、二〇時二七分に着く。

まず熊本である。

日豊本線で、大分に出て、大分から、豊肥《ほうひ》本線で、熊本に出ることになる。

日豊本線は、〇時五三分延岡発の急行「日南」に乗るとして、大分着は、午前三時三五分である。

豊肥本線は、午前八時二七分大分発の急行「火の山2号」にしか乗れない。これでは、とうてい間に合わない。

次は、宮崎である。

これは、延岡から、日豊本線を、逆に、下りに乗ればいい。

延岡発二一時四一分の特急「にちりん29号」に乗れる。それだと二二時五六分には宮崎に着くから、翌朝まで、ゆっくり、旅館かホテルで、眠れるのだ。

最後の鹿児島も、間に合うだろう。

二二時五六分に、宮崎に着いたあと、タクシーを拾って、鹿児島空港へいけばいいからである。

宮崎から、鹿児島まで、約百二十キロあるが、二二時五六分から、翌朝七時五五分まで、九時間あれば、楽に、着けるはずなのだ。

「宮崎か、鹿児島のどちらかから、飛行機に乗れば、間に合うんだ。中田は、やはり、クロかもしれんよ」

と、十津川は、いった。

「四月一日に、その飛行機に乗ったかどうか、調べてみようじゃありませんか」

と、亀井が、諦めずに、いった。

「しかし、カメさん、国内線は、偽名でも乗れるんだよ」

「わかっていますが、宮崎にしろ、鹿児島にしろ、第一便に乗らなければ、間に合わないんです。スチュワーデスが、顔を覚えているかもしれませんよ」

と、亀井は、いった。

二人は、いったん、東京に戻ると、宮崎と、鹿児島の空港に、電話をかけ、四月一日の大阪行の第一便の乗客名簿をファックスで、送ってくれるように、頼んだ。

すぐ、両方から、乗客名簿が、ファックスで、送られてきた。

宮崎は、二百二十八名。鹿児島は、三百十六名の名簿だった。

そのなかに、中田信夫の名前は、なかった。が、だからといって、彼が、乗らなかったとは、いい切れない。偽名の場合があるからである。

そこで、合計五百四十四名の乗客のうち、男だけについて、全員を、調べることにした。

住所が、東京の人間については、自分たちで調べるが、他府県の場合は、それぞれの警察に、協力を仰いだ。

この作業は、丸一日かかった。

が、それだけの値打ちがあった。

調べた全員が、書かれていた住所に、実在していたのである。

偽名で乗っていた乗客は、ひとりもいなかったことになる。つまり、中田は、この二つの飛行機に、乗らなかったのだ。

(彼は、シロなのか？)

7

十津川は、正直いって、ほっとした。

ともかく、中田が、岡部ひろみを殺すことは、できなかったと、思ったからである。

だが、いぜんとして、高見まり子を殺した容疑のほうは、残っている。

高千穂にいる小沼に、電話を、かけてみた。

「仕事があるので、中田は、大阪へ帰ったよ」

と、小沼は、いった。

「それで、岡部は、どうなんだ？　真犯人は見つからないのか？」

と、十津川は、きいた。

「全力をつくして、聞き込みをやってみたんだが、真犯人は、浮かんでこないね。俺は、どうしても、三十一日の朝、電話してきた男が、ひろみさんを、天の岩戸に呼び出して、殺したんだと思うんだがね」

と、小沼は、いう。

「いきずりの犯行とは思わないわけか？」

「思えないね。ひろみさんは、ハンドバッグを持って、旅館を出たんだが、そのハンドバッグは、見つかっている。何も、盗まれていないんだよ」

「高千穂署は、どう見ているんだ？　その点を」

と、十津川は、きいた。

「いきずりの犯行じゃないから、夫の岡部が殺したと見ているよ。岡部が、圧倒的に不利なんだ。だから、もう真犯人を見つけるより仕方がないんだよ。こっちへきて、助けてくれないか。俺ひとりじゃ、岡部を、助けられそうになくなったよ」

小沼は、弱音を吐いた。

十津川は、電話がすんだあと、しばらく考えていたが、

「これから高千穂へいってきたいんだが」

と、亀井に、いった。

亀井は、すぐ、

「いっていらっしゃい。こちらは、大丈夫です。高見まり子の関係者を、ひとりずつ、当たっていく作業ですから、警部がおられなくても、何とかやれます」

「中田の件だが、遠慮なく、調べてくれ」

と、十津川は、いった。

その日のうちに、十津川は、宮崎に、飛行機で、飛んだ。

そして、日豊本線で、延岡に出て、あとは、高千穂線に乗った。

高千穂駅に降りたのは、午後八時に近い。

周囲は、すでに、暗く、沈んでいた。

改札口のところに、小沼が、迎えにきてくれていた。

「この時間じゃ、列車のなかからのいい景色は見えなかったろう」

と、小沼は、旅館に向かって、歩き出しながら、十津川に、いった。

「もっと、田舎かと思ったんだが意外に、近代的な町なんだね」

と、十津川は、周囲を見回しながら、いった。

天の岩戸とか、神々の国というので、ひなびた山峡の町というイメージで、やってきたのだが、道路は、綺麗に舗装されているし、ビルも建っている。

小沼は、笑って、

「人口が、二万もあるんだよ。高千穂署だって、いけば、びっくりするよ。モダンな建物でね」

「人が出ているね」

「八時から、毎日、夜神楽《かぐら》があるからさ」

と、小沼は、いった。

しかし、旅館に着いて、事件のことに触れると、小沼の顔が、暗くなった。

「法廷で弁護するのは、得意なんだが、真犯人を見つけるのは、あまり得意じゃなくてね」

と、小沼は、いった。

遅い夕食をとってから、十津川は、小沼と、高千穂署へ出かけた。

なるほど、小沼のいうとおり、鉄筋のモダンな建物である。成城署より立派だった。

十津川は、無理に頼んで、取調室で、岡部に会わせてもらった。

さすがにあの元気者の岡部が、げっそりと、やつれてしまっていた。

それでも、十津川の顔を見て、にっこりと笑った。

「小沼も一緒にきたんだが、こちらの警察で、私ひとりしか駄目だといわれてね」

と、十津川は、いった。

「君ひとりでも、百人力だよ。俺は、家内を殺してなんかいないんだ。これは、神に誓ってもいい」

岡部は、すがるような目で、十津川を見た。

「信じているさ。君には、奥さんを、殺せないさ」

と、十津川は、いった。

「だが、誰が、いったい、家内を殺したんだろう？　家内は、敵を作るようなタイプじゃないんだがね。いきずりに殺されたのかとも思ったんだが、ここの警察は、違うというしね」

「物盗りじゃないね」

「まさか、犯人は、俺を恨んでいて、それで、家内を殺したんじゃないんだろうかと思うんだが」

「思い当たることでもあるのか？」

「いや。ただ、そうだとしたら、家内に申しわけないと、思ってね」

と、岡部は、いう。

「ここへくる前だが、奥さんが、何か、いってなかったかね？　例えば、妙な電話が、かかってくるとかだが」

十津川が、きくと、岡部は、じっと、考えていたが、

「別に、ないねえ」

と、いった。

が、すぐ、続けて、

「中田のことを、いっていたよ」

「中田のことを？」

「そうなんだ。今度の事件とは、関係ないんだが、中田に、会ったって、いうんだ」

と、岡部は、いう。

自然に、十津川は、緊張した。

「それは、いつ、会ったと、奥さんは、いってたんだ？」

「どうしたんだ？」

「何が？」

「妙に真剣な顔をするからさ。家内が、中田と会ったことが、どうかしたのか？」

岡部は、首をかしげた。

「ただ、ちょっと、興味があってね。いつのことだ？」

「確か、二十九日だったと思うね。夕食の時に、家内が、今日、中田に会ったといったんだ」

岡部は、何気なく話すのだが、十津川は、緊張していた。

（やはり、二十九日に、中田は、岡部の奥さんと、出会っていたのか）

と、思いながら、

「それを、詳しく話してくれないか」

と、いった。

一度消えた、中田への疑惑が、また、ぶり返してきてしまった。

「詳しくといってもね。家内は、毎日、近くの教室に、エアロビクスを習いにいってるんだ。その日も、二時すぎに、バイクで出かけたらしいんだが、駅近くの交差点で、車に乗った中田と、出会ったと、いっていたね。赤信号で停まったら、横に、中田の車があったというんだ」

「その時、奥さんは、中田と、何か話したのかね？」

と、十津川は、きいた。

「簡単な挨拶をしたらしい。お元気ですか、とか、どこへいくんですかとかね」

「ほかには？」

「おい、おい。中田が、何かあるのか？」

と、岡部は、また、きいた。

さすがに、十津川の熱心さが、おかしいと、思ったのだろう。

「いや、ただ、気になってね」

「家内と、中田が、妙な仲だったなんて、いうんじゃあるまいね？」

「それは、ないよ。ただ奥さんの行動は、全部、しりたいんだ。何が、事件に関係してくるか、わからないからね」

と、十津川は、いった。

「信号が、青になったので、すぐ、中田とは、わかれたと、いっていたよ」

と、岡部は、いった。

おそらく、それは、事実だろう。だが、中田にとって、簡単な会話が、殺しへの動機になったのでは、ないだろうか。

8

十津川は、高千穂署を出ると、重苦しい気分になっていた。

また、中田に対して、疑惑が、生まれてきたからである。

「どうしたんだ？」

小沼が、覗きこむようにして、きいた。

「君は、ここで、中田と三日間一緒にいたんだったね？」

と、逆に、十津川が、きいた。

「ああ。彼は、仕事があるのに、よくやってくれたよ。何しろ、大阪支店に転勤してすぐの時だったからね。休暇を取るのも、大変だったと思うよ」

「三日間、中田の様子は、どうだった？」

と、十津川は、きいた。

「ちょっと待ってくれよ。君は、中田を、疑っているのか？」

小沼が、咎めるように、十津川を見つめた。

「そうは、いっていないよ」

「中田には、動機がないよ。彼と、岡部の奥さんの仲が、おかしいなんてことは、絶対にあり得ないんだからね」

「そんなことは、わかってるよ」

と、十津川は、いった。

「じゃあ、何なんだ？　刑事だからといって、友人まで疑うのは、許せないぜ」

「少し、考えたいことがあるだけだよ」

と、十津川は、いった。

翌朝、十津川は、眠れなくて、早く起きてしまった。

十津川は、旅館を出ると、朝もやのなかを、高千穂駅の方向へ、歩いていった。

昨夜は、中田が犯人かもしれないという疑念を抱いて、ほとんど、眠れなかった。

バス停が見えた。

（おや？）

と、いう感じで、十津川が、立ち止まったのは、そこに、

〈高森《たかもり》駅行〉

という字が、見えたからだった。

十津川の目が、高千穂線で延岡方面へだけ向いていたのに、ここから熊本県の高森へ出る方法もあるのだなと、気づいたのだ。

十津川は、バス停に書かれた時刻表を見てみた。

高千穂から高森までバスで、一時間二十六分かかる。ひとり千二百円とある。

十津川は、高千穂駅に飛びこむと、売店で、時刻表を買った。

旅館に戻ってから、ゆっくり見る余裕がなくて、駅のベンチに腰をおろして時

刻表を、広げた。三月三十一日の午後六時に、高千穂で、殺人をやって、高千穂線で帰っては、飛行機を使う以外、翌四月一日の午前九時半に、大阪には、いけないのだ。

そして、中田は、飛行機には、乗っていなかった。

だが、熊本県側へ、出たらどうだろうか？

高森行のバスは、一六時二三分が、最終である。

したがって、午後六時に、岡部ひろみを殺したときには、もう、バスは、なくなっている。

しかし、タクシーなら、レンタカー、あるいは、バイクを使えば、一時間半で、高森へいけるはずである。

一九時三〇分、高森着なのだ。

高森からは、南阿蘇《みなみあそ》鉄道がある。十津川は、時刻表のページを、繰っていった。

一九時三一分高森発という列車があった。

これに乗れたとすると、立野《たての》着が、一九時五八分になる。

立野からは、豊肥《ほうひ》本線である。

もう急行は、なくなっているが、二〇時〇四分発、熊本行の普通列車があった。

それに乗ったら、どうなるのか？

熊本には、二〇時五一分に着ける。

この日は、熊本に泊まって、翌朝の飛行機で、大阪へいくことが、まず考えられた。

熊本　七時五〇分↓　大阪　八時五〇分

これで、間に合うのだ。

（中田が犯人として、このルートを、使ったのか？）

だが、十津川は、違うと思った。もし、飛行機を利用するのなら、むしろ、宮崎発を、使っただろうと、思ったからである。

中田が、犯人としての話だが、飛行機は、目立つと思って、利用しなかったに違いない。

それなら、熊本↓大阪の飛行機も使わなかったに違いない。

列車なのだ。

博多へ出て、新幹線だろうか？　しかし、新幹線は、朝一番に乗っても、間に合わないことは、わかっている。

博多から新大阪への最終は、二〇時〇六分発だから、三十一日には、乗ることは、できない。

（寝台特急《ブルートレイン》だ）

と、思った。

それ以外で、方法はないからである。

十津川は、寝台特急のページを、開いてみた。

熊本を、二〇時五一分以降に出る上りのブルートレインは、一本だけである。

西鹿児島↓新大阪の「なは」である。

この列車の熊本発は、二二時二七分だから、ゆっくり、乗れるのだ。

（そして、大阪着は？）

と、目をやると、そこに、午前八時二〇分の数字が見えた。

9

これで、中田のアリバイは、消えたのか？

十津川は、慎重に、もう一度、時刻表を、調べてみた。

高森からが、ぎりぎりだったからである。もっと余裕があるのかどうかの検討だった。

一八時（午後六時）岡部ひろみを殺す

一八時→高森一九時三〇分

高森二〇時四二分→立野二一時〇九分

立野二一時一三分→熊本二二時〇〇分

これでも、二二時二七分熊本発のブルートレイン「なは」に、ゆっくり、乗れるのである。

天の岩戸での殺害時刻を、午後七時と見ても、この時刻表は、通用する。

二〇時三〇分（午後八時三十分）には、高森に着き、二〇時四二分の南阿蘇鉄道に、乗れるからである。

（やっぱり、中田が、犯人なのか？）

と、思ったとき、十津川は、肩を叩かれた。

小沼だった。

「こんなところで、何をしてるんだ？」

と、小沼がきく。

十津川は、立ちあがると「とにかく、歩こう」と、いい、小沼を、駅の外へ連れ出した。

「何を深刻に考えているんだ？」

歩きながら、小沼が、きく。

十津川は、ゆっくりと、中田のことを、話した。

東京での高見まり子の事件から、中田のアリバイについてまでである。

小沼は、目を剝いて、きいていたが、きき終わると、唸り声をあげた。

「信じられないよ。中田が、犯人だなんて」

「私だって、信じたくはないさ。だが、中田が犯人の可能性が強いんだ。アリバイも、崩れたしね」

と、十津川は、いった。

「しかしだな」

と、小沼は、首を振って、

「君のいうとおりなら、三十一日の朝、岡部の奥さんに東京から電話してきた男も、中田ということになるんじゃないか？」

「そうなるね」

「しかし、もし、それが、中田だったら、奥さんは、なぜ、岡部に内緒にしていたんだ？」

「そこは、中田が、うまく話したんだろう。例えば、岡部に女がいるのがわかった。それを、奥さんに、内緒で、話したいといえば、彼女は、岡部に、いわずに、中田に会うんじゃないかな。岡部は、仕事熱心で、奥さんのことを、ほったらかしにしてきていたからね。女がいるといわれたら、奥さんは、信じたんじゃないかね」

と、十津川は、いった。

それでも、小沼は、半信半疑の顔で、

「しかし、中田は、九時に、東京から、電話していたことになるんだ。午後六時に、高千穂に、こられるのかね？」

「列車では、間に合わないが、飛行機を使えば、充分に、こられるさ。東京↓大分でも、東京↓熊本でも、あるいは、東京↓宮崎でもいいんだ。いや、一番、便の多い、東京↓福岡でも、ゆっくり、こられるさ」

と、十津川は、いった。

十津川は、立ち止まり、時刻表を広げて、東京↓福岡を、例にとってみた。

東京九時四五分↓福岡一一時三〇分
博多一一時五〇分（鹿児島本線）↓熊本一三時二六分（特急有明17号）
熊本一三時三〇分↓立野一四時二一分
立野一五時四四分↓高森一六時一五分
高森一六時三〇分（バス）↓高千穂一七時五六分

「これで、間に合うんだ。大分か、宮崎からなら、高千穂線を、使えばいい。やってみようか」

と、十津川は、いい、このルートも、調べてみた。

東京一〇時二〇分（全日空）↓宮崎一二時〇五分
宮崎一四時四二分（特急にちりん28号）↓延岡一六時〇一分
延岡一六時二〇分（高千穂線）↓天岩戸一八時〇二分
高千穂一八時〇八分

それでも、まだ、小沼は、信じかねる様子で、

「中田は、わざわざ、休暇を取って、やってきてくれたんだよ」

と、いった。

十津川は、冷静に、

「それも、考えてみれば、犯行が、ばれないかを、心配して、高千穂にやってきたのかもしれない」

「よく、そこまで、親友を、疑えるもんだね」

「それが、刑事の仕事だからね」

「しかし、証拠はないんだ。そうだろう？」

「ああ、ないよ」

「じゃあ、どうするんだ？」

「君が、中田に、電話してくれ」

と、十津川は、いった。

「俺が、何と、電話するんだ？　お前は岡部の奥さんを殺したろうと、いうのか？」

小沼が、眉をひそめて、きく。

「それじゃあ、中田は、逃げ出すか、無視してしまうよ」

と、十津川は、苦笑してから、

「まず、君が、ひとりで高千穂にいることにするんだ。それから、こういう。ずっと、聞き込みをやっていたら、三十一日の夜、現場近くで、あわてて逃げ出す男を見たという目撃者が見つかったってね」

「それで？」

「当然、中田は、目撃されたのは、どんな男かと、きくはずだ。気になるからね」

「ああ、わかるよ」

「そうしたら、おもむろに、それが、君なんだと、いうんだよ」

「そんなはずはないといったら、どうするんだ？」

「俺も、信じられなかったと、まず、いう。しかし、今日、何気なく、熊本側の高森のほうへいってみたら、この駅でも、駅員が三十一日の夜、君を見たといっているのと、いえばいい。三十一日、中田は、天の岩戸で、殺人を犯したあと、高森へ出て、南阿蘇鉄道に乗ったに違いないから、ぎょっとするに、決まっている」

十津川は、確信を持っていった。

「それだけでいいのか？」

「もうひとつ、もう一度岡部に会ったというんだ。その時、岡部が、二十九日の夕食の時、奥さんが、今日、中田さんと会ったと話していたことを、思い出して、自分にいったとね。これで、中田が犯人なら、びくつくはずだ」

「それで、どうなるんだ？」

「たぶん、中田は、君の口を封じようと、ここへやってくる」

「おい、怖いことをいうねえ」

「事実をいってるんだ。私が中田でも、そうするよ」

と、十津川は、いった。

「中田が、犯人じゃなかったら？」

「その時は、笑い出すだろうね」

「できれば、中田が、笑い出して、ほしいものだよ」

と、小沼は、いった。

10

その日の午後、小沼が、太陽商事大阪支店に、電話をかけ、中田営業部長を、呼び出した。

十津川は、傍できいていた。

小沼は、現場の聞き込みを、続けていて、やっと、目撃者を見つけたと、いった。

「三十一日の午後六時すぎに、中年の男が、あわてて逃げるのを見たというんだよ」

と、小沼は、いった。

本来ならば、喜ぶはずの中田が一瞬、沈黙してしまってから、

「どんな男を見たといってるんだ？」

と、きいた。

「その男の背格好を、いってくれたんだが、驚いたことに、君にそっくりなんだよ」

「そんな馬鹿な！」

「俺だって、馬鹿馬鹿しいと思ったがね。たまたま、君の写真を持っていたので見せたら、間違いなくこの人だというんだ。いったい、どうなってるんだろう？」

「人違いだよ」

「俺もそう思ったんだが、もうひとつあるんだ」

と、小沼は、思わせぶりにいった。

「どんなことだ？」

「今朝、散歩にいってね。高森行のバスが出ているんで、乗ってみた。ひょっとすると、犯人は、熊本側に、逃げたかもしれないと思ったものだからね」

「――」

「バスで、高森駅に着いてから、駅で、三十一日の夜おそく、怪しい人物が、南阿蘇鉄道に乗らなかったかと、きいてみたんだ。そうしたら、確かに、三十一日の夜おそく、ひとりの男が、顔をかくすようにして、乗ったというんだ。ところが、その男の顔が君なんだよ。こちらの駅員も、君の写真を見せたら、この人だったと、確認しているんだよ」

「馬鹿な——」

と、中田はいったが、その声は、前より弱々しくなっていた。

小沼は、言葉を続けて、

「実は、今日、もう一度、岡部に、会えたんだよ」

「それで——？」

「岡部が、妙なことをいったんだ。二十九日のことだそうだ。夕食の時、奥さんが、今日、君に会った話をしたというんだよ。君は車で、成城のほうへ向かっていたというんだ。その話も、ちょっと、気になってねえ」

と、小沼は、いった。

中田は、電話の向こうで、唾をのみこむような声を出した。

「今、そこに、十津川もいるのか？」

「いや、奴は、東京で、事件を追っているよ。なんでも、ホステスが殺された事件だそうだ」

「君ひとりか？」

「ああ」

「俺も、いきたいが、仕事があってね」

「わかってるよ。俺は、ひとりで、今日の目撃者の話を、検討してみるよ」

と、小沼は、いった。

電話を切ると、小沼は、十津川に向かって、

「これでいいのか?」

「ああ、いいよ」

「しかしいやな気持ちだな、友人を罠にかけるのは」

と、小沼は、暗い顔で、いった。

「その気持ちはわかるが、岡部のほうは、無実なのに、留置場だよ」

十津川は、いうと、小沼は「わかった」と、うなずいた。

これで、罠は、仕かけられた。

大学時代の友人を、罠にかけるのだから、十津川だって、気が進まないのだ。

だが、ここまでくると、中田の犯罪を明らかにするのは、ひとつの義務だと、思っていた。

小沼は、落ち着きを失っていた。

「今日中に、やってくるかね？」

と、小沼は、きく。

十津川は、笑って、

「今日は、もう、間に合わないよ。中田がくるとすれば、明日だ」

と、いい、階下へいくと、帳場で、もし、問い合わせがあったら、小沼が、ひとりで泊まっていると、答えてくれと、頼んでおいた。

中田は、小沼の言葉を信じないで、おそらく、電話で確かめてくると思ったからである。

東京の亀井にも、電話しておいた。

「私に電話があったら都内で、捜査に出ているといってくれ。九州にいったことは、内緒だ」

「電話してくるのは、女性ですか？」

と、亀井が、きく。

「それなら、楽しいんだがね」

と、十津川はいった。

部屋に戻ると、小沼が、冷蔵庫から、缶ビールを、何本も出して、テーブルの上に並べている。

「今日は、飲んでいいだろう？」

と、小沼が、きいた。

「ああ、今日はいいよ」

「君もつき合え」

と、小沼が、いった。

ウィスキーの水割りも、頼んで、二人で、飲みだした。

十津川も、小沼も、あまり、強いほうではないのだが、今日は、なかなか、酔わなかった。

二時間近く飲んでいるうちに、小沼が、急に、酔いが回って、その場に、崩れるように眠ってしまった。

十津川は、毛布をかけてやってから、ひとりで旅館の外に出た。

すでに、周囲は暗くなっている。

まだ、夜になると、風が冷たかったが、その冷たさが、気持ちよかった。

十津川は、天の岩戸の方向に向かって、ゆっくり、歩いていった。

もう、中田が犯人だという確信は、ゆるがない。

（奴も、可哀そうな男だ）

と、思う。

東京で、高見まり子を、殺さなければならなかったのは、追いつめられたからだろう。

そこで、すんでいれば、彼も、親友の妻を殺さなくてすんだのだ。

高見まり子の死体を車で運び出したので、偶然、岡部の妻と、その途中で、ぶつかってしまった。

中田だって、彼女まで殺すことになるとは、思っていなかったろうし、岡部ひろみにしたら、なおさら、夫の友人に、殺されるなどとは、考えていなかったのではないか。

（三月三十一日は、天の岩戸の近くで、岡部ひろみを殺したあと、中田は、どうやって、高森へ出たのか？）

刑事の性癖で、完全に、解明したくなってしまう。

高千穂から、高森へいくバスは、もう、なくなっている。

歩いたら、夜が明けてしまうだろう。

とすると、タクシーに乗るか、バイクを使ったか、あるいはレンタカーだが、十津川は、タクシーと、レンタカーは、ないと思った。

高森と、高千穂の両駅は、タクシーはあるが、その数は多くない。乗れば、運転手に顔を覚えられてしまうだろう。

レンタカーは、免許証を提示しなければ、車は借りられない。とすれば、それも、ないだろう。

残るのは、バイクである。

おそらく、高森で、バイクを盗み、それに乗って、高千穂にやってきて、岡部ひろみを殺し、またバイクで、高森へ出ていったのだろう。

(岡部ひろみを殺すとき、中田は、どんな気持ちだったのだろうか?)

と、十津川は、ふと、思った。

11

翌日は、朝から、小雨だった。

「なみだ雨か」

と、小沼は、冗談めかしていったが、それが、冗談にならなくて、二人とも、ぼんやりと、雨雲を見あげてしまった。
昼になって、十津川は、太陽商事の大阪支店に、電話を入れてみた。
案の定、今日、中田は、休暇を取ったという。
「やってくるぞ」
と、十津川は、小沼に、いった。
午後二時頃、旅館の帳場に、男の声で、電話が入った。
そちらに、十津川という人が、泊まっていないかときいたという。
中田も、十津川が、きているのではないかと、疑っているのだ。
六時に、夕食をとったあと、十津川は、別室に、入った。
あとは、中田が、現れるのを、待つだけである。
犯人に罠を仕かけたことは、何度もあるが、こんな、重苦しい罠は、初めてだった。
午後七時、八時となった。が、まだ、中田は、現れない。
急に、部屋の襖が開いて、小沼が、顔を出した。
その顔が、いやに蒼い。
「今、電話があったよ」

と、小沼が、いった。

「中田からか？」

「ああ」

「呼び出しか？」

「今、天の岩戸にきているというんだ。自分も、ここで、犯人の遺留品らしきものを見つけたから、きてくれないかというんだよ」

「突然、ここへくるかと思ったが、呼び出しか」

「俺を、殺す気かな？」

「そうだよ」

「いくべきだろうね？」

「気が進まなければ、やめてもいいよ。ほかの方法で、証拠を摑むから」

と、十津川は、いった。

「いいよ、これから出かける」

と、小沼は、いった。

「君を、中田に殺させないよ。これ以上、人を殺させたくないし、君を失うのもいやだからね」

十津川は、微笑して見せた。

まず、小沼が、旅館を出た。

少し遅れて、十津川も、旅館を出た。

雨があがって、何となく、生暖かい。

先を歩いていく小沼を、見失わないように、十津川は、歩いた。

周囲は、暗い。

それでも、時々、観光客らしい人たちが、かたまって、歩いていくのに、ぶつかった。

天の岩戸で、夜神楽がおこなわれているからだろう。

小沼が、歩きながら、煙草に火をつけたので、時々、ぼうっと、明るくなる。

岡部ひろみが、殺された現場近くにきた。

天の岩戸では、夜神楽がおこなわれていて、観光客で、賑やかなのだろうが、この殺人現場のほうは、ひっそりと静かである。

小沼は、立ち止まって、周囲を見回していた。

中田は、なかなか、現れない。

小沼は、しきりに、煙草を吸っている。

十津川は、物陰に身をかくしてじっと、待った。

刑事の十津川は、待つのには、馴れているが、小沼が、心配だった。しびれを切らして、十津川を呼んだりしたら、すべてが、駄目になってしまうからだった。

一時間、たった。

明らかに、小沼は疲れて、いらだっていた。

からになった煙草の箱を、くしゃくしゃに丸めて、ほうり投げた。

疲れて、小沼は、その場に、しゃがみこんだ。

その時、黒い人影が、現れた。

そっと、その人影が、しゃがみこんでいる小沼に近づいた。

小沼は、気づいていない。

人影が、手に持った何かを、頭上に振りあげた。

「やめろ！」

と、叫んで、十津川は、飛び出し、人影に向かって、突進した。

黒い人影が、ぎょっとして、立ちすくんでいる。

小沼も、立ちあがって、振り向いた。

「中田！」
と、小沼が叫んだ。
相手が、手に持った大きな石を、ほうり出して逃げ出した。
十津川は、突進したままの勢いで、相手にタックルした。
一緒になって地面に転倒した。
小沼も、駆け寄った。
十津川が組み伏せた相手は、突然、泣き出した。
十津川は、相手をはなして、立ちあがった。
もう、相手は、逃げようとしなかった。
十津川と、小沼は、顔を、見合わせて、溜息をついた。
小沼が、しゃがみこんで、中田の肩に手をかけた。
「今度は、俺が、お前の弁護を、引き受けるよ」
と、小沼が、いった。

信濃の死

1

珍しく、二日間の休みをもらったのだが、妻と、二人の子供は、北海道の親戚の家に遊びにいってしまっている。

警視庁捜査一課の亀井は、二日間の休みを持て余し、考えた末、信州の野沢《のざわ》温泉にいくことにした。

温泉も好きだが、それ以上に、野沢菜が食べたかったからである。

野沢温泉では、伊東旅館に泊まることにして、その旅館の電話番号を、上司の十津川に告げ、

「いつでも、何かあったら、呼び出して下さい」

と、いい残して、九月十日の朝、東京を発った。

「大丈夫だよ。カメさんを呼び戻すようなことはないから、ゆっくり体を休めてきたまえ」

と、十津川は、いった。

上野発午前七時ちょうどのL特急「あさま1号」に乗りこむ。

秋の旅行シーズンに間があるせいか、列車は、混んではいなかった。

座席に腰をおろして、すぐ、目をつぶる。昨日まで、事件に追われていたので、すぐ、眠ってしまった。

目が覚めた時は、もう、長野駅に近い。あわてて、ボストンバッグを網棚からおろして、降りる支度をした。

たまに、休みがとれると、亀井は、家族サービスに、旅行に出るのだが、そんな時、妻や子供から、よく「お父さんは、列車のなかで、寝てばかりいる」と、文句をいわれる。そんなことを、思い出しながら、亀井は、長野駅に、降りた。

ホームで、野沢菜五目釜めしを買い求め、それを持って、一〇時二五分発の飯《いい》山《やま》線の列車に乗った。

ブルーと、ホワイトのツートンカラーの、たった一両だけの可愛らしいディーゼルカーである。

正面の貫通扉に、オレンジとイエロー、それにレッドの三色が塗ってあるのは、虹のつもりだろうか。

ディーゼル特有のエンジン音をひびかせて、走り出すと、亀井は、すぐ、野沢菜五目釜めしを食べ始めた。朝が早かったので、朝食を食べずに家を出ていたのだ。

釜めしには、野沢菜がついていた。それが嬉しかった。

長野から豊野《とよの》までは、信越本線を走るので、線路も複線だが、豊野からは、単線になって、ローカル線らしくなった。

小さな駅も、ひとつひとつ拾うように停車していく。長野から乗ってきた学生たちが、ひとり、二人と、降りていく。

一一時二九分、戸狩《とがり》野沢温泉駅に着いた。

亀井と一緒に、三人の男女が降りた。ホームには、木で作った男女の道祖神が、並んで立っていた。

一月には、野沢温泉では、火まつりがおこなわれるのだが、その祭りは、道祖神祭りとも呼ばれるらしい。これは、亀井が、観光案内のパンフレットで、読んだのだ。

駅から野沢温泉まで、バスがある。亀井は、それに乗った。

古いが、大きな温泉である。山の麓にある温泉なので、周囲には、スキー場が、いくつか作られていた。

亀井は、東北に生まれ育ったので、スキーもできる。

（冬にきて、スキーと温泉の両方を楽しむのもいいな）

と、思ったが、そんな夢は、かないそうもない。

旅館に着くと、亀井は、とりあえず、温泉に入れてもらった。真新しい檜《ひのき》風呂である。湯量も豊かで、亀井は、久しぶりに、のんびりと、温泉にひたることができた。

泊まり客が少ないので、夕食は、一階の食堂で一緒にとってくれといわれて、六時すぎに、おりていき、亀井は、賑やかな三人連れに会った。

2

若い女ひとりと、男二人の三人だった。食堂には、ほかに泊まり客がいなかったので、自然に、亀井は、彼等と、口を利くようになった。

女は、なかなかの美人だった。男二人は、若いのと、四十代の中年だが、最初、何者なのか、見当がつかなかった。職業が、わからないのである。

そのうちに、二十五、六歳の女は、モデルで、男二人は、若いほうがマネージャー、中年のほうは、モデルクラブの社長と、わかってきた。

「十日町《とおかまち》で、秋の着物ショーがあるので、明日、向こうへいくんですよ」

と、社長が、いった。

彼がくれた名刺には、東京のモデルクラブの住所と武田勇《たけだいさむ》の名前が、刷りこんであった。

若いマネージャーも、名刺をくれた。こちらの名前は、青木徹《あおきとおる》というらしい。

モデルだという女性は、松浦《まつうら》ゆかりと名乗ったが、名刺は、くれなかった。

亀井も、名刺を渡した。が、とたんに、予期した喚声が、武田の口から漏れた。

「刑事さんですか!」

と、武田は、驚いたような、少しばかり馬鹿にしたようなことを、いった。

「刑事さんも、たまには、温泉にいらっしゃるのね」

と、松浦ゆかりは、珍しいものでも見るように、亀井を見た。

「そりゃあ、人間ですからね。時には、温泉にもきます」

と、亀井は、苦笑しながら、いった。

「刑事さんなら、いろいろな事件にぶつかるんでしょうね。面白い事件を、何か話してくれませんか」

と、いったのは、青木というマネージャーである。

「正直にいって、面白い事件というものは、ありませんね。みんな血なまぐさくて、怖い事件ですよ。人間の業《ごう》みたいなものが、剝き出しになっています」

と、亀井が、いった。

「人間の業が、剝き出しですか」

武田が、妙に感心したように、いう。

「刑事さんは、男のほうが怖いと思います？　それとも、女？」

と、ゆかりが、きく。

「そうねえ」

と、亀井が、考えていると、社長の武田が、

「女のほうが怖いに決まってるじゃないか」

と、いった。

「怖くて、悪かったわ。社長さん」

ゆかりが、肩をすくめるようにして、いった。マネージャーの青木が、困ったなという表情になっている。

亀井は、何となく、気まずくなって「お先に」と、いって、腰をあげた。

(どうやら、モデルと、社長とは、女と男の関係らしい)

と、思ったからでもある。

翌九月十一日の昼すぎに、亀井は、旅館を出発することになった。今日中に東京に帰っていないと、明日の勤務に差しつかえるのだ。二日の休みといっても、ゆっくりできたのは、一日だけである。

亀井が、旅館を出ようとしていると、昨日の三人が、がやがやと、二階からおりてきて、亀井を見ると、

「刑事さん。ご出発ですか?」

と、社長の武田が、声をかけてきた。

「今日中に、東京に帰ろうと思いましてね」

「それなら、タクシーを呼んでいますから、一緒に、駅までどうですか?」

「私は、バスでいきますから」

「バスは、時間待ちでしょう。タクシーに、乗って下さい」

と、武田は、しつこく、いった。

タクシーが、玄関にやってきて、亀井は、すすめられるままに、乗せてもらった。

戸狩野沢温泉駅に着くと、マネージャーが、切符を買ってきて、松浦ゆかり

と、武田に渡す。

（マネージャーという仕事も大変だな）

と、亀井は、思いながら、眺めていた。

社長の武田は、東京に帰るということで、亀井は、ホームで、一三時〇七分発十日町行の列車に乗る青木と、ゆかりを見送った。

長野方面の列車は、その三分後に発車だった。

「東京まで、ご一緒できますね」

と、武田は、嬉しそうに、亀井にいった。

長野行の列車は、昨日と違って、二両編成だった。必要に応じて、一両にしたり、二両編成にしたりするのだろう。

「社長さんは、一緒に、十日町にいかなくていいんですか？」

と、列車が、動き出してから、亀井が、きいた。

武田は、笑って、

「私が、着物ショーに出るわけじゃありませんからね」

「野沢温泉にいたのは、英気を養うためですか？」

「英気なんて、そんな上等なものじゃありません。彼女のわがままで、今日、くればいいのに、二日前から、野沢温泉に、きていたわけです。何としても、温泉に入りたいと、いうもんですからね」

武田は、肩をすくめるようにして、いった。

「しかし、なかなか、綺麗なモデルさんじゃありませんか」

と、亀井は、お世辞を、いった。

「まあ、人気はあるほうですがね」

「人気はあるが、扱いにくい――ですか？」

「人気のある娘《こ》は、わがままだし、大人しい娘は、人気はないし、世の中、ままならんもんです」

「武田さんの会社には、モデルさんが、何人もいるんですか？」

「全部で十二人。少ないですよ。小さい会社ですからね」

「美しい女性ばかりで、羨ましいですな」

と、亀井は、いった。彼の働く捜査一課には、北条早苗を含めて、二人の女性の刑事がいるが、それでも、男臭く、色彩の少ない職場である。

「まあ、華やかではありますが、女、特に、若い女というのは、大変ですよ。よくいうじゃありませんか。女というやつは、優しくすればつけあがり、怒りゃ泣くってね」

と、武田は、妙に古めかしいことをいって、苦笑した。

武田は、気まぐれで、そんな話をしていたかと思うと、突然、

「千曲川《ちくまがわ》が、綺麗だ！」

と、窓の外を見て、歓声をあげたりした。

亀井たちの乗った列車は、一四時三二分に、長野に着いた。

一四時五三分長野発の「白山2号」が、上野行の一番早い列車だったが、武田は、

「これは、金沢発だから、混んでいます。何しろ、金沢—上野直通というのは『白山』だけですからね。もう少し待って、長野発『あさま』にしませんか。これなら、すいていて、ゆっくり帰れますよ」

と、すすめた。

亀井も、混んでいる列車は、いやだったし、わずか、二十五分しか違わないので、一五時一八分発の「あさま24号」に乗ることにした。

駅のコンコースにある喫茶店で、時間を潰してから、二人は、一五時一八分発の「あさま24号」に、乗った。

武田のいったとおり、長野始発なので、車内は、すいていた。

二人は、4号車の指定席に、並んで腰をおろした。相変わらず、武田は、とりとめのない話を続ける。

走り出して、十五、六分した時、武田は、急に話をやめ、

「電話をかけてきます」

と、立ちあがった。電話は、十一両編成の6号車にある。しばらくして、武田は、難しい顔で戻ってくると、

「参りました」

と、亀井に、いった。

「どうされたんですか?」

「今、十日町にいっているマネージャーの青木に電話してみたんですが、彼女が、いなくなって困っているというんです」

「あのモデルさんですか?」

「そうなんですよ。前にも、仕事が面白くないと、いって、すっぽかして、消えてしまったことがありましてね。ひどく迷惑を受けたことがあるんです。とにかく、私も、十日町にいって、探してみます」

と、武田は、興奮した口調で、いった。

亀井にしても、事情がよくわからないので、

「そりゃあ、大変ですねえ」

と、いうより仕方がなかった。

武田は、あわただしく、ボストンバッグを持ち、上田駅で、列車を降りていった。

亀井が、腕時計を見ると、十五時四十三分だった。

（社長さんも、大変だな）

と、亀井は、同情した。美人に囲まれていて、羨ましいと思っていたのだが、武田のいうとおり、相手が、わがままだと、苦労するだろう。

（俺には、とても、務まりそうもないな）

列車が動き出したので、ホームに目をやると、降りた武田が、腕時計を見ている姿が、見えた。

これから、十日町にいくとしても、長野まで戻り、飯山線に乗らなければならないのだから、大変だろう。

飯山線は、列車の本数が少ないし、特に、十日町までいく列車は限られている

から、そんなことも考えて、武田は、腕時計を見ていたに違いない。

刑事のくせで、亀井は、そんな心配までしてしまったが「あさま」が、上野に近づくにつれて、武田のことも、美しいモデルのことも、忘れていった。

明日から、また、殺人事件の捜査に追いまくられるに違いなかったからである。

3

翌十二日に、出勤すると、十津川が、

「どうだったね？　野沢は」

と、声をかけてきた。

「よかったですよ。これが、お土産です」

亀井は、野沢で買ってきた漬物と、鳩ぐるまを、差し出した。

十津川は、鳩ぐるまを、箱から取り出して、

「これが有名な鳩ぐるまか」

「なかなか、いいものでしょう」

「素朴だが、可愛らしいな。それにしても、たった二日の休みじゃあ、のんびりできなかっただろう？」

「仕方がありません。刑事の宿命みたいなものですから」

と、亀井が、いった時、十津川の前の電話が、鳴った。

十津川は、受話器を取り、ペンで、メモを取っていたが、急に、亀井に目をやって、

「野沢温泉ですか？」

と、きき返している。

亀井も、気になって、十津川を見た。

十津川は、なお、ペンを走らせていたが、受話器を置くと、

「野沢温泉で、殺人事件があって、こちらに、長野県警から、協力要請がきたよ」

と、亀井に、いった。

「あんな静かな所でですか？」

「殺されたのは、東京のモデルクラブのモデルらしい」

「ちょっと待って下さいよ」

と、亀井は、いい、

「まさか、松浦ゆかりという名前じゃないでしょうね？」

「なぜ、カメさんが、しってるんだ？」

「彼女なんですか？」

「そうだよ。松浦ゆかりだ」

「彼女に、野沢温泉の旅館で会ってるんです。十日町で、着物のショーがあるんで、それに出るために、きているといってましたよ。そのモデルクラブの社長と、マネージャーも、一緒でしたがね」

「カメさんが、モデルと知り合いなんですか？」

と、若い西本刑事が、口を挟んだ。

亀井は、苦笑した。

「たまたま、知り合っただけさ」

と、いってから、十津川に、

「野沢温泉で、殺されていたというのは、おかしいですね。十日町に、いっているはずなんです」

亀井は、旅館で、彼女たちに会ったこと、戸狩野沢温泉駅で、十日町にいく彼女と、マネージャーを見送ったことを話した。

「そういえば、武田社長が、帰りの列車のなかで、十日町に電話したら、彼女がいなくなったというので、あわてて、引き返しましたが、それにしても、野沢温泉で、殺されていたというのは、わかりませんね」

「まだ、詳しいことは、いってきていないんだ。とにかく、松浦ゆかりについて、調べてくれということでね」

と、十津川は、いった。

「私と、西本君とで、調べてきましょう。彼女のことを、少しは、しっていますから」

と、亀井は、いった。

亀井と、西本は、すぐ、警視庁を出て、まず、松浦ゆかりのマンションに、回ってみた。

長野県警からの電話では、旅館の宿泊名簿に記載された住所が、目白台《めじろだい》のマンションになっているということだったからである。

「彼女は、美人でしたか？」

と、パトカーのなかで、西本は、興味津々という顔で、亀井に、きく。若いし、独身だからだろう。

「ああ、美人だったよ。だが、社長は、わがままで困るといっていたがね」

「じゃあ、その社長が殺したんですかね？」

「わからんよ。あまり、先入観を持たないほうがいいな」

と、亀井は、いった。

問題のマンションは、真新しく、七階建てで、一戸が百平方メートル以上の広さだった。買うとしたら、おそらく、五、六億円はするだろう。

入口の重い扉は、居住者が、部屋で、ボタンを押してくれないと開かないようになっている。

亀井は、仕方がないので、管理人を呼んで、開けてもらった。

松浦ゆかりの部屋は、最上階の七階にあった。亀井と西本は、管理人に、案内してもらいながら、

「松浦ゆかりさんは、ここに、ひとりで住んでいたんですか？」

と、亀井が、きいた。

「ええ、そうです」

「しかし、借りるにしても、高いでしょうね？」

「松浦さんの部屋は、ここでは、狭いほうですが、それでも、月五十万ですね」

管理人は、事もなげに、いった。

「彼女は、借りていたんですね？」

「ええ。買えば、今は、数億はしますから」

「部屋を開けてもらえませんかね」

と、亀井が、いった。管理人は、意外にあっさりと、

「いいですよ。スペアキーをひとつ、お預かりしてますから」

と、いった。

705号室に入った亀井は、部屋のなかを見回した。

「松浦ゆかりさんは、いつから、ここに住んでいるんですか？」

と、亀井は、管理人を振り返って、きいた。

「一年半ぐらい前からですよ」

「よく訪ねてくる人は、わかりませんか？」

「マネージャーの方が、車で迎えにきていましたよ。そのほか、男の方が、いろいろと、訪ねてきているようですが、名前は、わかりません」

「いろいろというのは、違った男の人という意味ですか？」

「そうです。ずいぶん、もてる女性でしたからね」

と、管理人は、いった。

「彼女は、なぜ、スペアキーをひとつ、あなたに預けていたんですか？」

と、西本が、きいた。

「みなさん、お預けになっていますよ。失《な》くされた時の用心に」

「われわれのほかに、最近、あなたに頼んで、この部屋に入った人間は、いませんか？」

と、亀井が、きいた。

「そんな覚えはありません。松浦さんに黙って、そんなことはしませんよ」

管理人は、心外だという顔で、強く否定した。

「松浦さんは、車を、持っていましたか？」

「ええ。駐車場に、真っ赤なＢＭＷが、あります。しかし、あまり、お乗りになっていないようです。朝は、車でマネージャーさんが迎えに見えますし、帰りは、いつも、男の方が、車で送ってこられますから」

「それは、マネージャーじゃないの？」

「マネージャーさんの時もありますが、遅い時は、違うみたいですね。車も違います」

と、管理人は、いった。

亀井たちは、松浦ゆかりの所属していたモデルクラブを訪ねてみることにした。

パトカーで、銀座に向かっている最中に、無線電話が入った。十津川からだった。

「カメさん。長野県警に、君のことを話したら、参考人として、きてくれと、いっていたよ」

「わかりました。それで、社長とマネージャーは、何といっているんですか？」

と、亀井は、きいた。

「それなんだがね。青木というマネージャーは、向こうで、警察に協力しているんだが、武田という社長は、行方がわからないそうだよ」

「おかしいですねえ。さっきもいいましたように、武田社長は、十日町にいったはずなんです」

「その点でも、県警は、カメさんの協力がほしいんじゃないかね」

と、十津川は、いった。

銀座五丁目のビルのなかにあるクラブだった。

モデルクラブだけに、洒落《しゃれ》たデザインの事務所である。何よりも、色彩が、綺麗だった。

社長がいないので、女性の副社長に、西本は、会った。

モデル出身という三十歳の女性である。

名前は、小堀美奈子《こぼりみなこ》と、手渡された名刺には、書いてあった。

モデル出身だけに、スタイルがよく、綺麗な指をしている。その指先を、小さく動かしながら、

「ゆかりさんが殺されたことには、本当に、びっくりしています。一刻も早く、社長と連絡をとりたいんですけど、できなくて、困っていますわ」

「マネージャーの青木さんとは、連絡がとれたんですか？」

「はい。とれています。昨日の夕方、十日町で、ゆかりさんが、行方をくらましてしまい、困っていると、青木マネージャーから電話が入ったんです。まさか、殺されているなんて、思っていませんでしたから、また、いつものわがままが始まったなと、思っていたんですけど、こんなことになってしまって――」

と、美奈子は、言葉を切った。

「本当に、社長さんが、どこへいったか、わからないんですか？」

どうも、信じられなくて、西本は、重ねて、きいてみた。

「向こうの警察から、ゆかりさんが殺された件について、社長にきてもらいたいと、いってきているんです。それで、一生懸命に探しているのに、ぜんぜん、連絡がなくて、困っているんですよ。とりあえず、青木さんに、顔を出してもらっていますけど、明日になっても、社長の行方がわからなければ、私が、いかなければならないと、思っていますわ」

美奈子は、本当に、困惑した表情で、いった。

「社長さんは、時々、こんなことがあるんですか？」

「気まぐれな方ですけど、今度みたいな大事な時に、連絡がないというのは、異例ですわ」

「殺された松浦ゆかりさんのことを、話してくれませんか」

と、西本は、いった。

美奈子は、きつい目になって、

「彼女の何を話せばいいんでしょう？」

「何でも構いませんよ。わがままだときいたんですが、そうだったんですか？」

「売れっ子のモデルは、みんな、多少とも、わがままですわ。自分を大事にしますから」

「当然、恋人がいたでしょうね？」

「彼女は、特定の男性を持たない主義だったようですわ。そのほうが、得だといって」

「しかし、親しかった男は、いたんでしょう？」

と、西本は、食いさがった。

「そりゃあ、噂のあった男は、何人かいましたわ」

「その名前を教えて下さい」

「でも、相手の方にご迷惑になりますから」

「これは、殺人事件ですよ」

と、西本は、強い声で、いった。

美奈子は、仕方がないというように、

「写真家の土田《つちだ》さんとか、野球選手の伊東《いとう》さんとかが、噂になりましたけど――」

と、いい、二人のフルネームを教えてくれた。

土田貢《みつぐ》。四十歳。今、第一線で活躍している写真家だった。ただ、土田は、結婚していて、二歳の子供がいるとも、教えてくれた。

伊東進太郎《しんたろう》。二十七歳。この方は、二軍の選手だった。期待されて、実業団のエースの肩書きで入団したのだが、怪我などで、一軍との間をいったりきたりして、今年は、二軍のはずである。こちらは、独身だった。

西本は、二人の名前を、手帳に書き留めながら、

「ここの武田社長とは、どうだったんですか？」

「社長と？」

「そうですよ。モデルのひとりが、着物ショーに出るというのに、わざわざ、社長がついていった。それで、野沢温泉に泊まったとなれば、誰だって、勘ぐりますからねえ」

「マネージャーの青木さんが一緒だったんですよ」

と、美奈子は、いった。

「関係は、あったんでしょう？」

「それは、社長本人からきいてみて下さい」

美奈子は、そっけなく、いった。

「武田社長には、もちろん、奥さんがいらっしゃいますね？」

「ええ」

「奥さんは、社長の行方不明について、どう思っているんですか？」

「奥さんは、体の弱い方ですから」

「入院しているんですか？」

「はい。心臓が弱いので、心配をかけてはいけないと思い、社長が行方不明になっていることは、話していません」

「子供は？」

「いらっしゃいません」

これも、そっけないいい方だった。

それを、どう解釈したらいいのかと、西本は、思いながら、

「十日町の着物ショーに、松浦ゆかりさんが出ないとなると、代わりのモデルを、派遣したんですか？」

「ええ。主催者の方に、謝罪して、ショーの開演時間を繰下げてもらい、うちの若いモデルを、すぐ、ヘリコプターを手配して、送りましたわ。本当に、大騒動

になってしまって……。名前は、麻里《まり》あけみさんです。二十歳のモデルさんです」

と、美奈子はいい、そのモデルの写真入り名刺をくれた。

4

亀井は、その頃、野沢に向かっていた。

飯山線で、飯山駅に着いたのは、午後四時半をすぎていた。

駅には、県警の戸田《とだ》という警部が、パトカーで、迎えにきてくれていた。

「どうも、わざわざきていただいて」

と、戸田がいい、亀井も、

「とんでもない。お役に立てればいいと思っています」

と、いって、儀礼的な挨拶を交わしてから、パトカーで、飯山警察署に向かった。

城下町の風情を、色濃く残している町である。

署に着くと、まず、捜査本部長に挨拶してから、亀井は、戸田警部たちと、細かい話合いを持った。

まず、亀井が、九月十日に、野沢温泉の伊東旅館に泊まり、そこで、松浦ゆかりたちに会った時の事情を、説明した。

「翌十一日に、駅まで、タクシーに乗せてもらって、一緒に、いきました。駅には、上り下り両方の列車が入っていたのを覚えていますよ」

「戸狩野沢温泉駅で、上りと下りが、すれ違うんです。飯山線は、単線ですから」

と、若い刑事が、いった。

「十日町にいく列車のほうが、先に出るので、私と、社長の武田さんとで、松浦ゆかりと、青木マネージャーを見送りました。そのあと、長野行の列車が出て、私と社長は、長野に向かったんです」

「その時の松浦ゆかりや、武田社長の様子は、どうでした？」

と、戸田が、メモを取りながら、きいた。四十五、六歳の叩きあげの警部で、実直な人柄なのだろう。

「別に、変わった様子は、ありませんでしたね。社長は、松浦ゆかりがわがままで困ると、文句をいっていましたよ。もちろん、笑いながらですが」

「そのあと、武田社長は、どうしました?」

「東京に帰るというので一五時一八分長野発の『あさま24号』に、一緒に乗りました。本当は、二十五分前に出た『白山2号』に乗れたんですが、金沢発で、混んでいるので、敬遠したんですよ。『あさま24号』に乗って、十五、六分してから、社長は、十日町に電話をかけに、電話のある車両にいきました。6号車にです」

「その電話の内容は、わかりますか?」

と、戸田が、きいた。

「社長が、戻ってきて、こういいました。十日町のマネージャーに電話したら、松浦ゆかりが、行方をくらましてしまって、主催者が怒っている。これから、私も、十日町にいってきますといい、上田駅で、あわただしく、降りましたよ」

「上田駅着は、何時だったかな?」

と、戸田が、若い刑事に、きいた。

「特急『あさま24号』の上田着は、一五時四三分です」

と、刑事が、答える。

「それで、私は、社長は、てっきり、十日町へいったと、思っていたんです。ところが、社長は行方不明で、松浦ゆかりは、殺されたときいて、びっくりしているんです」

と、亀井は、いった。

「社長が『あさま24号』に乗ったあと、十日町のマネージャーに、車内から電話したのは、間違いありませんか？」

戸田が、改まった口調で、きいた。

「社長は、電話して、松浦ゆかりが消えたのをしったといっていましたね。それで、あわてて、上田駅で降りたんですよ」

「しかし、亀井さん。青木マネージャーは、社長から、電話なんか、もらっていないといっているんです。どうしても、社長と連絡がとれないので、東京のクラブに電話して、若いモデルを、急いで、派遣してもらったと、いっているんですよ」

と、戸田が、いう。

「すると、あの社長が、嘘をついたということですかね」

「それとも、マネージャーのほうが、嘘をついているかですよ」

と、戸田は、いった。

亀井は、首をかしげていたが、

「松浦ゆかりが、どんな状況で、殺されていたか、教えてもらえませんか」

と、いった。

「殺されていたのは、野沢温泉の健命寺《けんめいじ》という寺の近くです。寺の裏手といったらいいですかね」

「その寺なら、しっています。私の泊まった伊東旅館の傍でしたから。確か、野沢菜の碑があったはずでしたね？」

と、亀井は、思い出しながら、いった。

「そのとおりです。その裏で、彼女は、首を、紐で絞められて、殺されていました。ただ、凶器の紐は、まだ、見つかっていないんです」

「死亡推定時刻は、わかりましたか？」

と、亀井は、きいた。

「今、長野の大学病院で司法解剖中なので、間もなく、わかると思います」

「青木マネージャーは、何といっているんですか？　何か、心当たりは、ないんでしょうか？」

「まったくないといっていますね」

「今、彼は、どこにいるんですか？」

「十日町です」

「松浦ゆかりが、いなくなった時の状況は、わかっているんですか？」

「これは、すべて、青木マネージャーの話なんですが」

と、戸田は、断ってから、

「十一日の一四時二八分に、十日町に着いたそうです。着物ショーは、午後六時からなので、青木マネージャーと、松浦ゆかりは、向こうの用意してくれたホテルに、チェックインした。そして、五時になったので、マネージャーが、彼女を迎えにいったら、いなくなっていたというんです。あわてて探したが、見つからなくて、東京に、連絡をとったと、いっています」

「午後五時に、初めて、失踪を、しったと、いっているんですか？」

「そうです」

「もし、それが、事実なら、武田社長が『あさま24号』の車内から電話したのが、一五時四三分（午後三時四十三分）に上田に着く前だから、電話で、失踪をしったというのは、確かに、嘘ですね」

「そうなるんです」

「しかし、戸田警部。武田社長が、嘘をついているとしたら、なぜ、十日町で、松浦ゆかりがいなくなったのを、しったんでしょうか?」

「その点は、私も、不思議だと、思っているんです。ひょっとすると、青木マネージャーが、嘘をついているのかもしれません」

と、戸田も、いった。

「十日町のホテルを、いつ、松浦ゆかりが出たか、わからないんですか?」

「それが、わからないんですよ。問題のホテルですが、ロビーを通って外へ出れば、フロントの人間が、目撃していると思います。しかし、地下の名店街を通って、外へ出る出入口があるんです。そこから、外出したとすると、フロント係は、目撃できません」

と、戸田は、いった。

「なるほど」

と、亀井は、うなずいた。どうやら、誰かに、力ずくで、連れ出されたというより、自分の意志で、ホテルを出たとみたほうが、よさそうである。

しかし、何のために、彼女は、そんなことをして、野沢温泉で、殺されてしまったのだろう?

「彼女の所持品は、ホテルに、残っていたんですか?」

と、亀井は、きいてみた。

「化粧バッグと、スーツケースは、ホテルの部屋に残っていましたが、ハンドバッグは、なくなっていました。そのハンドバッグは、殺人現場にも、落ちていなかったんですよ。シャネルの黒いハンドバッグだそうですが」

「それなら、覚えていますよ」

と、亀井は、いった。

戸狩野沢温泉駅で、見送った時、青木マネージャーが、彼女の白いスーツケースと、化粧バッグを持ち、彼女は、黒いハンドバッグだけを持っていたのを覚えていた。

(マネージャーも、大変だな)

と、感じたものだった。

「ハンドバッグが見つからなかったとすると、どうして、すぐ、身元が、わかったんですか?」

と、亀井は、きいた。

売れっ子のモデルでも、野沢周辺の人たちが、彼女の顔をしっているとは、限らないからである。

戸田は、微笑して、

「死体の見つかったのが、彼女たちの泊まっていた伊東旅館の近くでしたからね。宿泊名簿には、名前も、住所も書いてありましたし、旅館の主人が、名刺も、もらっていたこともあります」

と、いった。

5

その日、亀井は、飯山署に泊まり、翌日、戸田の案内で、松浦ゆかりの死体があった場所に出かけた。

「昨夜、警視庁の十津川警部から、被害者と関係のあった二人の男の名前を、しらせてもらいました」

と、パトカーのなかで、戸田が、いった。

「問題は、アリバイですね」

「彼女の死亡推定時刻も、報告がありました。九月十一日の午後五時から六時の間だそうです」

「まだ、暗くなっていませんね」

「そうなんです。だから、ほかの場所で殺し、暗くなってから、運んだのかもしれません。寺の裏手としても、明るいうちに、あそこで、殺すかどうか」

と、戸田は、いった。

「夕食は、とった形跡があるんですか?」

亀井がきいた。

「胃は、ほとんど、空になっていたそうですから、夕食は、食べていませんね」

と、戸田が、いう。

亀井を乗せたパトカーは、二十五、六分で野沢温泉に着いた。

道路に車を駐め、健命寺への坂道を登っていった。

寺の前に「野沢菜発祥の地」と彫られた碑が立っている。

寺の裏手に回る。ロープをめぐらせた場所が見えた。

「ここに、俯せに倒れていました。発見した時、服装は、乱れていませんでした。発見者は、この寺の人間です」

と、戸田が、いった。

現場の保存に当たっている野沢温泉の派出所の警官が、遠慮がちに、

「お話があるんですが」

と、戸田に、声をかけてきた。若い警官である。

「何だね？」

「こんなものが、落ちていたと、持ってきてくれた人がいるんです」

と、その警官は、ハンカチに包んだバッジを見せた。

「どこで、誰が見つけたんだ？」

「この寺の人が、今朝、寺の境内《けいだい》を掃除していて、見つけたそうです。ここから、十五、六メートルしか離れていません」

「このバッジは――」

「あのモデルクラブのバッジですよ」

と、横から、亀井が、いった。

「青木マネージャーも、つけていましたね」

と、戸田は、いった。

「モデルは、つけていないから、残るのは、武田社長ですか」

と、亀井が、目を光らせた。

あの武田社長の行動も、今、考えると、おかしいと、亀井は、思った。

「あさま24号」の車内から、十日町のマネージャーに電話をかけ、松浦ゆかりがいなくなったときいて、あわてて、列車を降りたが、その電話が、本当だとしても、現地のことは、青木に任せて、自分は、社長として、代わりのモデルを、十日町に向かわせることが、大事だったのではないのか。

と、すると、武田は、松浦ゆかりと、しめし合わせていたのではないのか。野沢温泉で、落ち合うことをである。

武田は、十日町に電話などしてなかったのではないのか。

野沢温泉で落ち合ったが、そこで、喧嘩になり、武田は、かっとして、松浦ゆかりを殺してしまい、姿をかくしたのではあるまいか？

「どうやら、社長が、怪しくなってきましたね」

と、戸田警部も、いった。

6

タケダモデルクラブには、バッジがある。

モデルを除く社員が、つけているのだが、野沢温泉の現場近くで見つかったのは、ゴールドで、武田社長のものだった。

だが、その武田が、消えてしまったのである。

自宅にも、会社にも、友人宅にも、現れない。

(海外へ逃亡してしまったのではないか?)

と、十津川たちは、思った。

武田は、しばしば、海外へいっているので、パスポートを持っている。松浦ゆかりを殺したあと、海外へ高飛びした可能性も強かった。

三日が、空しくすぎた。

亀井は、十日町から帰ってきた。青木マネージャーたちも、東京に戻っていた。

事件発生から、一週間目の九月十八日の早朝、晴海《はるみ》埠頭《ふとう》から、一台の車が、海に飛びこむのが、目撃された。

午前四時五十分頃である。

すぐ、警察に連絡され、レンジャー隊員が、駆けつけた。

アクアラングをつけた三人の隊員が、海に飛びこんだ。

白いシルビアは、すぐ見つかった。が、その近くに、ベンツが、沈んでいるのも、見つかった。

まず、シルビアが、吊りあげられた。運転していた若い女性は、死亡していた。

続いて、偶然見つかったベンツのほうが、クレーンで、吊りあげられ、埠頭のコンクリートの上に、のせられた。

シルバーメタリックのベンツ500SLである。

運転席には、中年の男が、死んでいた。

背広のポケットに、財布のほかに、運転免許証が入っていて、それには、武田勇とあった。

財布には、三十万円近い金と、名刺が、五枚入っていた。名刺は、どれも、武田勇で、肩書きは「タケダモデルクラブ社長」であった。

三十分後に、十津川たちが、鑑識と一緒に、駆けつけた。

ベンツは、何日間か、汚れた海につかっていたらしく、ところどころ、泥土が、入っていた。

武田勇の遺体は、コンクリートの上に、仰向けに、横たえられていた。

「こんなところで、死んでいたとは思いませんでした」

と、亀井が、溜息まじりに、いった。

「見つからなかったはずだよ」

と、十津川が、いう。

「死因は、溺死《できし》ですかね？」

「そこが、問題だな」

と、十津川は、いってから、西本刑事に、

「トランクを開けてみてくれ。何か入っているかもしれん」

と、命令した。

西本が、トランクを、開けた。

なかから、ボストンバッグが、出てきた。ルイ・ヴィトンのバッグである。

西本が、開けた。

着がえなどに混じって、鳩ぐるまが、入っていた。

「野沢温泉の鳩ぐるまですよ」

と、亀井が、大きな声を出した。

「カメさんが、お土産に買ってきてくれたのと同じだね」

と、十津川も、いった。

籐《とう》であんだ鳩の横腹に、車がついている野沢温泉の名物である。

素朴さが、うけているのだ。

十津川たちは、もう一度、死体に、目をやった。

バッジのことを、調べるのを忘れていたからである。

背広の襟元を見た。が、会社のバッジはない。

「やはり、野沢温泉に落ちていたゴールドのバッジは、武田社長のものだったようですね」

と、亀井がいった。

「武田は『あさま24号』を降りたあと、野沢温泉に戻ったのかもしれないな」

と、十津川がいう。

「前もって、野沢温泉で会うことを、松浦ゆかりと、打ち合わせしていたんじゃないでしょうか？　そして、デイトをしたあと、喧嘩になり、武田は、かっとして、松浦ゆかりを、絞め殺してしまった。そんなところかもしれません」

「そのあと、東京に逃げ戻ったが、逃げられぬと思って、自分の車で、晴海で、死のダイビングをしたかな」

十津川は、ちらりと、海に目をやった。

すでに、陽が高くなり、海面は、それを反射して、ますます、輝いている。

「それにしても、好運だったね。若い女が、車ごと飛びこまなかったら、このベンツも、武田社長の死体も、見つからなかったろうからね」

と、十津川は、いった。

武田勇の死体は毛布にくるんで、運ばれていった。

「これが自殺とすれば、松浦ゆかりを殺してしまったことが、原因だね」

と、十津川。

「もっと、図太い人間だと思ったんですがねえ」

亀井が、小さく、頭を振った。

「他殺だとすると、どうなるのかな？」

「たぶん、同一犯人でしょう」

「そして、二人の身近な人間が、犯人ということか」

と、十津川は、呟いた。

7

十津川は、死んだ武田勇の評判を、集めさせた。

同業者にきき、彼の経営していたモデルクラブの人間にきいた。

「どこも、評判は、あまりよくありませんね」

と、西本が、十津川に、報告した。

「どんなふうに、よくないんだ？」

「仕事については、やり手だと、誰もがいいますが、その反面、やり方が汚いとか、女にだらしがないとか、平気で友人を裏切るといった悪口が、どこでも、きかれました」

「自分のところのモデルにも、手をつけていたのかね？」

「野沢温泉で殺された、松浦ゆかりとの関係は、ほかのモデルたちは、みんなしっていたようです」

「副社長の何といったかな？」

「小堀美奈子ですか」

「彼女も、当然、しっていたんだろうね？」

「立場上、そんなことはないと思うと、いっていますが、もちろん、しっていたと思いますね」

と、西本とコンビを組む日下刑事が、いった。

「それで、武田は、なぜ、死んだといってるんだ？」

「意見は、二つにわれています。武田と松浦ゆかりの関係が、最近、うまくいってなかった。口喧嘩を見たり、きいたりしている人間は、何人もいます。武田は、今もいいましたように、女にだらしがないし、けちですし、彼女のほうも、わがままですから、それが、野沢で、爆発して、彼が、殺してしまったのではないかというわけです。そのあと、東京に逃げ帰ったが、警察が、自分を捜しているとしって、追いつめられた気持ちになり、自殺したということです」

「もうひとつの意見は？」

と、十津川が、きくと、今度は、西本が、

「こちらは、逆で、武田と松浦ゆかりは、口喧嘩しながらも、うまくいってたんじゃないかと、いっています。だから、武田が、彼女を殺すはずがない。それに、もし、武田が、殺したとしても、彼自身が自殺するのは、おかしいというのです。金もあるんだから、海外へ逃げるに違いないといっています。その金を持ってです」

「カメさんは、どっちだと思うね？　君は、武田に会っているんだから、わかるんじゃないかね？」

と、十津川は、亀井を見た。

亀井は、遠くを見る目になった。まだ、武田とわかれて間もないのに、何だか、遠い昔のような感じになっていたからであろう。

「ひと言でいえば、楽しい男でしたよ。私は、彼の仕事の面とか、女性関係は、わかりませんでしたから。しかし、野沢では、松浦ゆかりと、仲よくやっていましたね。それに、武田の死については、どうも、不審な点があるんです」

と、亀井は、いった。

十津川は、西本たちに、詳しい報告書を作るようにいってから、亀井と向かい合って、

「その不審な点を、きかせてくれないか」

「武田は、自分の車のベンツに乗って、死んでいました。ということは、いったん、自宅に帰ったことになります」

「そうだね」

「私が、わかれた時、彼は、例のルイ・ヴィトンのボストンバッグを持っていました。なぜ、それを、ベンツのトランクに入れたんですかね？　普通なら、家に置いてから、車に乗ると思うんですよ」

「そうだろうね」

「ところが、武田は、ボストンバッグを、車に入れて、晴海にいき、飛びこんでいます。自殺する時、そんな行動に出るでしょうか？　自分の一番大事なものを持って、死ぬというのならわかりますが、あのボストンバッグのなかには、野沢の土産と、着がえが入っていただけです。着がえは、汚れたものですからね」

「確かに、自殺する人間としては、おかしいね」

「そうなんです」

「それを、カメさんは、どう考えるんだね？」

と、十津川は、亀井に、きいた。

「ひとつ考えられるのは、自宅に帰った武田が、急いで、いかなければならないところがあって、駐車場の車に、ボストンバッグをほうりこみ、大あわてで、出かけたというケースです。それなら、自分の部屋に入らなくても、おかしくはありません」

「それは、どんなケースだと思うね？」

「警察に追われて、逃げようとしていたとすれば、一応、納得できるんですが、それでも、不自然さは、残ります。パスポートは、持っていませんでしたし、追われていると感づいているのに、わざわざ、自宅に戻ってきたということが、不自然です。当然、警察が、張り込んでいると、思うべきですからね」

「それに、まだ、死亡時刻がわからないが、そんなに、追いつめられていたとは、思えないからね。われわれだって、参考人として、意見をきく気だったが、逮捕は、考えていなかったわけだからね」

と、十津川は、いった。

「そうなんです。武田の死には、おかしな点が、多すぎます」

「西本君からの報告でも、武田の性格は、簡単に、自殺するようには、思えないしね」

「すると、他殺ですか？」

と、今度は、亀井が、きいた。

「もし、他殺なら、当然、野沢温泉で、松浦ゆかりを殺したのも、武田ではないことになるね」

と、十津川は、いった。

十津川たちが重視した死亡推定時刻がわかったのは、その日の夜である。

死因は、溺死だった。が、後頭部に傷があり、かなり深く、強打されたものだという。

死亡推定時刻は、九月十二日の午後十時から十二時までの間である。

亀井は、十一日の「あさま24号」の車内で、武田とわかれている。時間は、十五時四十三分。列車が、上田駅に着いた時である。

「あれから、武田が、どこへいったのか、いろいろ、考えてみたんですが」

と、亀井は、十津川に、いった。

「それで？」

と、十津川が、きく。

「武田は、十日町へいくといっていました。その言葉を、そのまま受け取れば、長野に引き返し、飯山線に乗り換えて、十日町にいったことになりますが、青木マネージャーは、電話もなかったし、武田もこなかったと、いっています」

「松浦ゆかりと、しめし合わせて、武田が、下手な芝居を打ったかな？」

「今になると、そう思います。もっともらしく、私に、電話をかけたように見せて、上田駅で降りて、松浦ゆかりに、会いにいったんだと思います」

と、亀井は、いった。が、十津川は、首をひねって、

「しかしねえ、カメさん。カメさんは、武田にとって、完全な第三者だよ。その第三者に、なぜ、芝居を打つ必要があったんだろう。勝手に、上田で降りてしまえばいいんだし、長野でわかれても、よかったんじゃないのかね？」

「確かに、そうですねえ」

亀井も、考えこんでしまった。

「長野で、本当は、もうひとつ前の列車に乗れたと、カメさんは、いっていたね？」

と、十津川は、きいた。

「そうです。二十五分前に出る『白山2号』に、乗ることができたんですが、武田が、この列車は、金沢発で、混んでいるから、次の『あさま24号』にしましょうと、いったんです。この列車は、長野始発だから、すいているに違いないといいましてね。私も、その日のうちに、東京に着けばいいと思ったので『あさま24号』にしたんです」

亀井は、その時の武田とのやりとりを思い出しながら、十津川に、いった。

「それで『白山2号』は、本当に、混んでいたのかね？」

と、十津川は、きいた。

「それが、混んでいるものと思って、コンコースの喫茶店で、武田と、お茶を飲んでいましたから、わからんのです」

「問い合わせてみよう」

と、十津川は、いい、電話を取った。

JRにかけて、十一日の「白山2号」の乗車率をきいた。

答えは、長野で、七十パーセントほどだったということだった。空席は充分にあったのである。

「どう思う？　カメさん」

と、十津川は、受話器を置いて、亀井を見た。

「武田が、どうしても、私を『白山2号』でなく『あさま24号』に、乗せたかったということになりますね」

「なぜだろう？」

「時間でしょうか？」

「しかし、二十五分しか、違わないんだろう？」

と、きき返してから、十津川は、時刻表の、列車の編成欄を、開いてみた。

「白山2号」と「あさま24号」の編成が、似ているのか、違うのか、しりたかったからである。

「なるほどね」

と、十津川は、うなずいた。

「電話だよ、カメさん。『白山2号』には、車内電話がついてないんだ。だから『白山2号』に乗ってしまうと、電話を十日町にかけて、松浦ゆかりの行方不明をしったという芝居が、できなくなるんだよ」

「それで、二十五分後の『あさま24号』に、したんですか？」

「ほかには、考えられないね」

「しかし、警部。そんな芝居をして、さっきの疑問に戻りますが、武田は、どんな得があるんでしょうか？」

「アリバイ作りをしようとしたんじゃないかね？」

と、十津川は、いった。

亀井は、首をかしげて、

「何のアリバイですか？　自分が殺されるためのアリバイというのも、奇妙ですが」

「それは、例えばだが、武田が、松浦ゆかりを殺そうとしていたとすると、彼は、必死になって、アリバイ作りをしたんじゃないのかね？　十日町へいくふりをして、彼女を野沢温泉で殺してしまう。そんな計画を立てて、そのアリバイに、カメさんを利用しようとしたんじゃないかね？」

「しかし、武田自身、殺されてしまいました」

「そうだよ。もし、こちらの推理が当たっているとする。何者かが、武田の計画をしって、その裏をかいて、武田まで、殺してしまったんじゃないかね」

と、十津川は、いった。が、それほど、自信があるわけではなかった。武田以外の人間の動きが、まだ、摑めていないからである。

「すると、松浦ゆかりを殺したのも、武田ではないということになってきますか？」

と、亀井が、きく。

「そこは、まだ、はっきりしないんだ。武田が、彼女を殺す気だとしっている犯人なら、それを待ってから、武田を、自殺に見せかけて、殺すに違いないからね」

「怪しいのは、マネージャーの青木でしょうか？」

「青木？」

「彼は、武田から、電話はなかったといっています。武田が、私の前で、ひと芝居打ったとすれば、青木の言葉は、当然なんですが、彼が、犯人とすると、彼の証言も、うさん臭くなってくるんです」

と、亀井は、いった。

「しかし、青木は、ずっと、十日町にいたんだろう？　東京に戻っていなければ、武田を、車ごと、海に突き落とせないんじゃないかね？」

と、十津川は、疑問を口にした。

「確かに、そうですが、武田の死亡推定時刻は、夜おそくです。青木は、夜、東京にきていて、武田を殺し、翌朝、何くわぬ顔をして、十日町に、引き返したのかもしれません」

「時間的に、可能かね？」

と、十津川が、きく。

「そのあたりは、十日町の着物ショーの時間を、よく調べないと、何とも、いえませんが」

「調べてみよう」

と、十津川は、いった。

十日町での着物ショーは、十一日、十二日、十三日の三日間、おこなわれた。

十一日は、松浦ゆかりがいなくなって、あわてて、新人のモデルを送りこむので、てんやわんやになり、青木が、一歩も、十日町を離れていないことが、確認された。

問題は、十二日である。

県警の報告によると、十二日は、十日町のなかで、会場を移し、今度は、昼間に、おこなわれた。午後二時から四時の間である。

タケダモデルクラブの新人、麻里あけみは、午後五時には、ホテルに帰った。マネージャーの青木もである。六時には、ルームサービスで、夕食をすませ、麻里あけみは、疲れたので、すぐ、眠ってしまったという。

青木も、前日からのごたごたで疲労が重なり、翌十三日の昼近くまで、眠っていたといっている。

「どうだい？」

と、十津川は、亀井に、きいた。

亀井は、県警の報告書に、目を通しながら、

「青木の、十二日午後六時から、翌日の昼近くまでのアリバイは、ないわけです」

と、いった。

「午後六時に、十日町を出て、果して、十時から十二時までの間に、晴海で、武田を殺せるだろうか？　十日町は、野沢よりさらに、長野から遠いのにだ」

十津川が、いった。

「それが、問題ですが――」

と、亀井は、いい、今度は、時刻表の地図に、目を移した。

十津川も、同じ地図を、見た。

「なるほどね」

と、十津川が、いい、ほとんど同時に、亀井が、

「面白いですよ、これは」

と、いった。

なるほど、十日町は、飯山線だけを見れば、野沢温泉より、ずっと、長野から遠い。駅にして、十六も先なのだ。

したがって、長野へ出ると考えると、遠いのだが、上越新幹線を見ると、野沢温泉より、ずっと、近くに、十日町がある。

「十日町から、車で、越後湯沢《えちごゆざわ》に出ればいいんですよ」

と、亀井が、嬉しそうに、いった。

時刻表を見ると、十日町駅から、越後湯沢駅まで、バスが走っていて、所用時間は一時間十二分である。タクシーなら、もっと早くいけれるだろう。

一時間とすれば、午後七時には、越後湯沢駅に着ける。ホテルでの夕食を食べる時間などを考えても、七時半には着けるのではないか。

一九時五二分越後湯沢発の「とき426号」に乗れるから、これに乗れば、二一時一六分に、上野に着く。

午後九時十六分である。

上野から、晴海まで、一時間あれば、ゆっくり、着けるだろう。

十時十六分には、着くのだ。武田の死亡推定時刻は、午後十時から十二時だから、青木は、武田を殺すことは、可能だったのだ。

「この間、青木が、ホテルで、誰かに会ったり、室内にいるのが確認されたりしたら、彼は、シロになってしまうがね」

と、十津川は、いった。

「その点は、向こうの県警に任せて、青木に、動機があったかどうか、調べてみます」

と、亀井は、いった。

亀井と、西本が、その聞き込みに、当たった。

その結果、青木徹について、いくつかの情報が、集まった。

青木は、二十九歳。独身である。大学時代、ラグビーをやっていたので、体力はある。

マネージャーとしては、真面目だが、臨機応変の才がないので、よく、社長に、叱られていたという。

「青木は、去年、若いモデルのひとりを好きになったんですが、それをしった社長の武田から、こっぴどく叱られたそうです。当の武田が、平気で、自分の会社のモデルに手を出しているのにと、青木が、友人に、こぼしていたのが、わかりました」

と、西本が、十津川に、いった。

「青木が、武田社長を殺す動機は、見つかったということかね？」

「当の青木は、この話を、否定していますが、事実のようです」

「その若いモデルは、急遽、十日町にいった麻里あけみじゃあるまいね？」

「それは、違うようです」

「ほかに、青木が、社長を恨んでいた形跡は、見つからないのかね？」

「社長が横暴なことや、けちといったことで、恨んでいたとしても、これは、あの会社の全員の気持ちだったようで、青木だけのものでは、ありません」

と、西本が、いった。

「しかし、青木の場合は、若いモデルとのことで、恨んでいたとすれば、それは、プラスされるわけだよ」

と、十津川は、いった。

8

青木が、犯人だろうか？

動機は、見つかった。

武田社長殺しについて、アリバイがない。

だが、彼には、野沢で、松浦ゆかりを殺すことは、できないのだ。

松浦ゆかりの死亡推定時刻は、十一日の午後五時から、六時である。

その時間に、青木は、東京の会社に、松浦ゆかりが、いなくなったことを、報告しているからである。

午後五時に、いなくなったと気づき、電話で、しらせていたというのだ。

したがって、武田が、松浦ゆかりを殺し、その武田を、自殺に見せて、青木が殺したと考えるより仕方がなくなってくる。

果して、その可能性があるのだろうか？

「可能性は、あると思います」

と、亀井は、いった。

「どんなふうにだね？」

「青木は、野沢温泉で、武田、松浦ゆかりと一緒でしたから、二人の内密の話も、きけたと思うのです。武田が、ゆかりに対して、十日町の仕事をすっぽかして、野沢温泉で、もう一度、会わないかと、持ちかけているのを、青木がきいたとします。武田が、松浦ゆかりを殺したがっているのをしっていたとすると、これは、彼女を、野沢温泉で殺す気なのだと、ぴんときたのでは、ないでしょうか？」

「それで、武田が、松浦ゆかりを殺して、東京に引き返したあと、青木は、東京にいき、晴海で、武田を、車ごと、海に沈めたということか？」

「そうです」

「どうも、ぎくしゃくしているねえ」

と、十津川は、いった。

どこか、推理に、無理があるような気がして、仕方がないのだ。

一番不安定なのは、たまたま、青木が、武田の計画をしっていたというところである。

いやしくも、殺人計画である。武田が、それをしられるような、へまをするだろうか？

青木を逮捕したとしても、その点をクリアしないと、起訴はできないだろう。

亀井も、十津川と一緒に、考えこんでいたが、

「共犯関係にあったと考えたら、どうでしょうか？」

と、ふいに、いった。

「共犯？」

「そうです。いや、共犯というより、武田の命令で動くことになっていたと考えたらいいですかね。武田は、誰でも、自分の力で動くと思いこんでいた。だから、あの日、自分の芝居に、青木が応じてくれるはずだと、信じていたんじゃないでしょうか?」

「青木が、買収されていたということかね?」

「そうです。武田が、私に向かって、ひと芝居打っても、青木が、電話はなかったと否定すれば、それで、何もかも、終わりです。こんな危なっかしい計画を立てたとは、思えません」

「つまり、武田が、電話をしてなくても、青木は、あったと、証言するはずだったということか?」

「そうです。青木は、金で買収され、指示どおりに、証言することになっていたんだと思います。それなら、納得できます」

と、亀井は、いう。

「ところが、青木は、武田の指示どおりに動かなかったということか?」

「そうです。日頃から、武田を恨んでいたので、いざという時、しっぺ返しを、したわけです」

「なるほどね」

「青木は、こう証言することになっていたんだと思います。十一日の午後三時半頃、武田から、電話があったので、松浦ゆかりが、姿を消してしまい困っているといった。この時刻は、武田が、私と一緒に『あさま24号』に乗っていて、十日町に電話したという時刻です。そして、武田は、十日町に駆けつけ、二人で松浦ゆかりを探したと、青木が証言すれば、武田のアリバイは、完成します」

「それを、裏切った——か？」

「はい。青木は、そんな電話はなかったし、武田も、十日町にこなかったと証言したわけです」

「武田は、怒るね」

「そうです。それを、何とかなだめて、東京に帰らせておき、十二日の夜、青木は、晴海埠頭で、殺したんじゃないか。そう考えたんですが」

と、亀井は、いった。

前よりは、少し、納得できるようになったと、十津川は、感じた。

だが、どこか、しっくりしない。

「武田の行動が、おかしいね」

と、十津川は、いった。

9

武田が、青木を買収しておいて、松浦ゆかりを、野沢温泉で殺したとしよう。当然、そのあと、彼は、十日町にいき、青木と一緒に、松浦ゆかりを探すふりをするだろう。そうでなければ、アリバイ作りは、完全ではないからである。

しかし、武田は、十日町にいっていない。

どこにいたかわからないが、翌十二日の夜、東京で、殺されている。この行動は、不可解としかいいようがない。自ら、疑われるような動きをしているのだ。

「この説明を何とか、できるといいんだがね」

と、十津川は、いった。

「どうも、野沢が、ガンですね」

亀井が、溜息まじりに、いった。

「それは、松浦ゆかりが、なぜ、野沢温泉で殺されたのかということかね?」

「そうです。野沢温泉と、十日町は、飯山線の沿線です。アリバイを作りにくい場所で、殺したことになってしまいます。私が、武田なら、ほかの場所で、殺しますね。十日町から、なるべく遠い場所でです」

「例えば?」

「例えば、――そうですねえ」

「東京か?」

と、十津川が、いった。

「そうです。東京です。それなら、武田が、十日町にいかず、東京で殺されていた理由がわかります。たぶん、彼は、東京で会うことになっていた松浦ゆかりを、探していたんじゃないでしょうか?」

「その頃、松浦ゆかりは、野沢温泉で、殺されていたわけだね?」

「そうです。何者かが、彼女を、野沢温泉にいかせたんです」

「青木か?」

「おそらく」

「しかし、青木には、十一日のアリバイがあるんだろう? 野沢へいって、松浦ゆかりを殺せないんじゃなかったかね?」

と、十津川が、首をかしげた。

「じゃあ、この考えも、駄目か?」

「そうです」

十津川は、舌打ちした。

松浦ゆかりを、殺したのは、いったい、誰なのか?

青木には、アリバイがある。

武田とすれば、なぜ、野沢で殺したのか、なぜ、十日町にいかなかったのかが、わからない。

「もう一度、やり直しだな」

と、十津川は、眉をひそめて、いった。

再び、亀井たちは、聞き込みに、走った。

武田や、松浦ゆかりの周囲の人物を、ひとりひとり、洗っていった。

その結果、新しく浮かんできたのが、副社長の小堀美奈子である。

三十歳の美奈子は、売れっ子のモデルだった。

それが、二十八歳の時、突然、モデルをやめ、半年後に、クラブの事務をやるようになった。

「その理由なんですが、こんな話をしてくれた人物もいます。武田のことを、よくしっている男なんですが、モデル時代、武田と関係があったというわけです」

と、亀井が、報告した。

「それは、大いにあり得るだろうね。武田社長は、女にだらしなくて、自分の会社のモデルに、手をつけてるんだから」

「そのあとがあるんです。美奈子は、その結果、妊娠したが、武田が、おろせといった。仕方なくおろしたが、体が弱って、六カ月、静養したというのです。復帰したが、もう、モデルをやる気はなくなってしまい、武田も、責任をとって、彼女を、副社長にしたというわけです」

「副社長なら、いいじゃないか」

「ところが、名目だけのポストだそうですよ」

と、亀井は、いった。

「そして、武田のほうは、松浦ゆかりと、関係ができたとなると、小堀美奈子が、彼を恨んでいたとしても、おかしくはないね」

十津川は、亀井の持ってきた小堀美奈子の二枚の写真を見て、いった。

一枚は、モデル時代、もう一枚は、現在の写真である。

今でも、美人だが、華やかさが、まったく違っていた。この二枚の変化のなかで、彼女の気持ちに、殺意が生まれたのだろうか？

「しかし、彼女は、十一日は、松浦ゆかりがいなくなり、新人のモデルを、急遽、十日町に、派遣するので、忙しかったんじゃないかね？　野沢温泉へいって、殺す時間は、あったんだろうか？」

十津川が、疑問を、口にした。

「麻里あけみに、きいてみましょう」

と、亀井は、いった。

十津川と亀井は、中野のマンションに、あけみを訪ねた。

二十歳の若いモデルだった。彼女は、突然の社長の死や、松浦ゆかりの死に、戸惑っているように、見えた。

「十一日に、あなたは、急遽、十日町にいったんだが、その準備などをしてくれたのは、誰ですか？」

と、十津川は、あけみに、きいた。

「副社長さんですわ」

と、あけみは、いう。

「ヘリコプターの世話も？」

「ええ」

と、あけみは、うなずいた。嘘をいっているようには、見えなかった。

と、すれば、小堀美奈子が、野沢温泉へいって、松浦ゆかりを殺す時間は、ない。

「小堀さんが、あなたと一緒に、ヘリコプターで、十日町にいったということは、ありませんか？」

と、亀井が、きくと、あけみは、初めて笑って、

「そんなことは、ありませんわ」

と、いった。

「うまくありませんね」

と、帰りの道で、亀井が、溜息まじりに、いった。

十津川は、黙っていたが、捜査本部に戻ると、すぐ、長野県警の戸田警部に、電話をかけた。

その電話がすむと、十津川は、亀井に向かって、

「松浦ゆかりの死体が見つかったのは、十二日の朝、午前六時だそうだよ」

と、いった。

「それが、何か？」

「つまり、野沢温泉で殺されたという確証はないんだ。殺されたのが、十一日の午後五時から六時の間だからね。ほかで殺されて、車で運ばれた可能性も、あるんだ」

と、十津川がいった。

亀井は、やっと、顔を明るくして、

「東京で殺された可能性もあるわけですね？」

「そうだ。十日町のホテルに入ったあと、松浦ゆかりは、すぐ、ホテルを抜け出して、東京に向かった。タクシーで、越後湯沢に出て、上越新幹線で、東京へというコースだろう。午後三時には、ホテルを抜け出せるから、一時間で越後湯沢、そして、一時間三十分で、上野に着く。五時半に、上野へ着いていれば、死亡推定時刻の五時から六時の間に、入ってくる」

「小堀美奈子に、殺せますね」

と、亀井が、いった。

「整理してみよう」

十津川は、黒板に書かれた名前や、時刻を見て、いった。

武田、青木、松浦ゆかり、小堀美奈子といった名前が、並んでいる。

「まず、なぜ、松浦ゆかりが、仕事をほっぽり出して、十日町から、帰ってしまったかということがあるね」

と、十津川は、いった。

「武田としめし合わせてという推理は、駄目ですか?」

「その場合は、武田が、彼女を、殺そうとしてという前提が必要だよ。いやしくも、武田は、モデルクラブの社長だ。モデルが仕事をほったらかすようなことを、すすめるはずがないからね。それに、武田は、松浦ゆかりを、殺してないんじゃないか?」

「そうですね」

「武田が、列車内から十日町に電話したというのは、芝居じゃなくて、本当だったんじゃないかねえ」

と、十津川が、いった時、西本と、日下の二人が戻ってきた。

「面白い噂をきいてきました」

と、西本が、十津川に、いった。

「どんな噂だ?」

「例の青木マネージャーと、小堀美奈子が、関係があるという噂です」

「本当かね？」

「あのクラブの人物が、一カ月前くらいに、夜、彼女のマンションから、二人が出てくるのを見たそうです。タクシーを待つ間、二人は、抱き合っていて、そのあと、青木が、タクシーで帰っていき、彼女が、ずっと、見送っていたそうです」

「青木は、武田に、モデルとの仲を裂かれ、美奈子のほうも、武田に傷つけられて、お互いに、同情し合ったのが、愛情に変わったんだろうという人もいます」

と、日下が、いった。

「二人が、共犯の可能性も、出てきましたね」

と、亀井が、いった。

「彼女に、会いにいこう」

と、十津川が、急に、いった。

10

十津川と、亀井は、銀座のモデルクラブで、美奈子に、会った。

社長の武田が死んでも、クラブの仕事は、続いているらしく、彼女は、忙しく、電話をかけていた。

十津川たちの顔を見ると、彼女は、二人を、奥の社長室に、案内した。

広い部屋である。そして、贅沢に、作ってある。

「どんなご用でしょうか？」

と、美奈子は、改めて、十津川に、きいた。

「今度の事件について、いろいろと、考えてみましたが、やっと、ひとつの結論に、達しましたので、それを、あなたにきいていただきたいのですよ」

と、十津川は、いった。

「なぜ、私に？」

「あなたが、武田社長にも、松浦ゆかりさんにも、近い立場にいたからです。きいて、意見をいってほしいのです」

「でも、私は、何もしりませんから」

「とにかく、きいて下さい」

と、十津川は、強引に、話し始めた。

「松浦ゆかりさんは、わがままな性格です。彼女は、社長の武田さんと関係ができたあと、目白台の豪華マンションを借りてもらい、さまざまなプレゼントを受けていても、まだいろいろと、要求を出していました。十日町の着物ショーに出るのに、その前に、野沢温泉で遊ぶなどというのも、そのわがままの表れだと思いますね。ところが、彼女は、それでも、不満だったのです。彼女は、何かを、社長に要求していましたが、それが、受け入れられないとなって、突然、着物ショーへの出演を拒否して、姿を消してしまいました。武田社長は、帰りの列車のなかから、十日町の青木マネージャーに電話して、それをしり、あわてました」

「でも、青木さんは、そんな電話は、なかったと、証言していますけど」

と、美奈子が、口を挟んだ。

「まあ、最後まで、きいて下さい」

と、十津川は、彼女を制しておいて、

「武田さんは、上田駅で、列車を降りると、すぐ、あなたに、電話をかけました。とにかく、最後まできいて下さい。武田さんは、あなたに、こういったはずです。また、松浦ゆかりのやつが、行方をくらませてしまった。あのわがままにも困ったものだ。すぐ、新人のモデルを、代わりに、十日町へ派遣してくれ。私も十日町にいくとです」

「そんな電話は、ありませんでしたわ」

「その時、あなたは、社長に、こういったんです。青木さんからの電話では、松浦ゆかりは、東京の社長に会いに、ホテルを抜けだしたらしい。ですから、十日町にいかずに、東京に帰って、彼女を待っていてくれませんかとですよ」

「違いますわ」

「それで、武田さんは、十日町にいかずに、東京に向かった。一方、あなたは、新人モデルの麻里あけみさんを、十日町に向かわせたあと、車で、松浦ゆかりさんに、会いに出かけたんです」

「野沢温泉になんか、私は、いっていませんわ」

「もちろん、野沢じゃありません。東京都内の上野に近いどこかです」

「なぜ、私が、そんなことを、しっているんですか？　私は、彼女が、野沢温泉で殺されたと、思っていますわ」

「松浦ゆかりは、おそらく、青木マネージャーに、もし、社長から電話があったら、東京のどこそこで待ってると、いってちょうだいと、いい残して、十日町を、飛び出したんですよ。青木マネージャーは、それを、あなたに教えたんです」

「なぜ、青木さんが、私に、そんなことを、教えるんですか？」

と、美奈子が、きく。

「それは、お二人が、武田社長を憎み、そして、お互いに、愛し合っているからですよ。あなたは、彼女を殺したあと、車で、野沢温泉に運んでいき、健命寺の裏に捨て、東京に戻ったんです。その時に、死体のそばに、予備の社長のバッジを置いたのです」

「――」

「東京の自宅で、待っていた武田さんは、いつまでたっても、松浦ゆかりが、現れないので、あなたに、連絡した。だが、あなたもいない。十二日の朝頃、あなたは、社長の家に、いったのだと思いますね。どうなっているんだときく武田社長を、あなたは、いきなり、背後から、殴りつけ、気絶させた。そして武田さんを縛りあげ、あなたは何食わぬ顔で会社に出て、西本刑事の質問に答えたりしていたんです。そして夜になってから、再び武田さんの家にいき、晴海埠頭で車ごと、海に、落下させたんですよ。もちろん、バッジを外すことも、忘れなかったんでしょう」

「でたらめですわ」

と、美奈子は、蒼ざめた顔で、いった。

「どこが、おかしいですか?」

十津川が、相手を見つめて、きいた。

「なぜ、私が、二人も、殺さなければいけませんの?」

「あなたは、社長に裏切られた。だからです」

「でも、松浦ゆかりさんは、関係ありませんわ」

と、美奈子は、いった。

十津川は、落ち着いて、

「彼女は、何かを要求して、着物ショーを、すっぽかしたんです。私は、二つ考えました。社長の奥さんにしろという要求。これは、奥さんは病身ですから、実質的には、彼女は奥さん同様だったと思います。もうひとつは、モデルをやめて、社長と一緒に、経営をやりたいということです。つまり、副社長にしろという要求です」

「でも、私の副社長なんか、飾りものですわ」

「しかし、松浦ゆかりさんは、あなたを追い出して、副社長になりたかったんじゃありませんか」

「でたらめは、いいかげんにして下さい。これ以上、私を侮辱なさると、訴えますよ」

美奈子は、声を荒《あら》らげ、社長室を、出ていった。

残された二人は、顔を見合わせた。

「彼女は、犯人だよ」

と、十津川が、いった。

「私も、そう思いますが、証拠がありません」

と、亀井が、残念そうに、いった。

「証拠ねえ」

十津川は、何ということもなく、社長室を見回していたが、

「あれ?」

と、壁側にあるサイドボードの傍へ歩いていった。

ガラスケースのなかに、壺などが、飾ってあるのだが、そのなかに、あの「鳩ぐるま」を、見つけたからだった。

「野沢で、武田は、二つ買ったのかね?」

と、十津川は、亀井に、きいた。

「それは、ありません。ひとつしか買わなかったはずですよ。そういっていましたから」

「すると、これは？」

「前に、野沢へいった時に、買ったものじゃありませんか？」

「そうかな」

十津川は、その鳩ぐるまを、手にとって、いじっていたが、

「平成元年九月謹製と、あるよ」

「すると、これを、買ったんですかね」

「それなら、ベンツのトランクにあった鳩ぐるまは、どうなるんだ？」

と、十津川が、きいた。

二人は、鳩ぐるまを、元に戻し、捜査本部に、帰った。

十津川は、西本刑事に、ベンツのトランクに入っていた鳩ぐるまを、持ってこさせた。

同じ鳩ぐるまである。

亀井は、それを、手に取って、ゆっくり、見ていたが、

「これは、違いますよ」

と、突然、いった。

「違うって、何がだね？　同じ鳩ぐるまだろう」

「そうですが、これは、籐で、作ってありますよ」

「鳩ぐるまは、籐で作ってあるんじゃないのかね？」

「そうです。私が買ってきたのも、そうです」

「ほかにもあるのかね？」

「もともとは、アケビの蔓《つる》で編んで作ったものだそうです。野沢には、今でも、その伝統を守っている人がいましてね。武田は、わざわざ、その人を探して、買ったと、自慢していたのを思い出しましたよ」

「社長室にあったのは？」

「あれは、アケビの蔓の本物でしたね」

「すると、どういうことになるんだ？」

と、十津川は、考えこんだ。

「おそらく、武田は、十一日に、東京へ帰ったあと、本物の鳩ぐるまを、あの社長室へ持っていって、サイドボードに、飾ったんですよ」

と、亀井は、いう。

「確かに、そうだろうがね――」

「十一日に、武田は、自宅で、松浦ゆかりから連絡があるのを、待っていたんじゃありませんか。ところが、いっこうに、連絡がない。そこで、夜おそく、車で、会社へいってみた。ひょっとして、クラブのほうへいっているかもしれないと思ってです。もちろん、目白台のマンションにも、いったと思いますよ。その時、鳩ぐるまを、箱から出して、社長室のサイドボードに飾ったんじゃありませんか」

「それを、小堀美奈子は、しらなかった？」

「そうです。十二日の朝、武田社長を縛ったあと、何か、ヘマはしていないかと思い、車のトランクまで、調べた。ボストンバッグはあったが、鳩ぐるまの空箱があるのに、中身がない」

「美奈子は、考えこんだんじゃないかね」

「そう思います。空箱には、鳩ぐるまと、書いてありますからね。とにかく、車が見つかった時、鳩ぐるまがあると、武田社長が、野沢にいった証拠になると、考えたのでしょう。しかし空箱では困る。そこで、急いで、鳩ぐるまを、買いに、走ったと思います」

「しかし、野沢温泉には、いかなかったんじゃないか?」

「そう思います。もう一度、野沢へいく時間はなかったと思います。ですから、東京で、買ったと思いますね」

と、亀井は、いった。

「武田の買ったものが、アケビの蔓で編んだものとしらず、一般に売られている籐製のものを買ったということだな」

と、十津川は、いった。

十津川は、刑事を動員し、都内で郷土玩具を売っている店を、片っ端から、調べさせた。

武田は、十二日の午後十時から十二時の間に、殺されている。

買ったとすれば、十二日中ということになる。

百店を超える店を調べた結果、やっと、刑事たちは、ひとつの店を、突き止めた。

日本橋にある店だった。

小堀美奈子が、午前十一時頃、鳩ぐるまを買いにきたことが、わかったのである。

「鳩ぐるまを買う方は、あまりいらっしゃらないので、よく覚えていますよ。車でこられて、あわただしく、買っていかれました。ええ。うちに置いてあるのは、籐で、作ったものです」

と、その店の主人は、いった。

その証言を得て、十津川は、ほっとした顔になって、亀井と、顔を見合わせた。

「これで、逮捕令状は、もらえるな」

「武田が『白山2号』に乗らなかったのは、やはり、混んでいると思ったからだったんですねえ」

「少し考えすぎたらしいね」

十津川は、苦笑した。

（この作品はフィクションで、作中に登場する個人、団体名など、全て架空であることを付記します。）

本書は二〇〇五年六月徳間書店より刊行されました。

双葉文庫

に-01-70

十津川警部《とつがわけいぶ》の休日《きゅうじつ》

2015年11月15日　第1刷発行

【著者】
西村京太郎《にしむらきょうたろう》
©Kyotaro Nishimura 2015
【発行者】
赤坂了生
【発行所】
株式会社双葉社
〒162-8540 東京都新宿区東五軒町3番28号
[電話] 03-5261-4818(営業)　03-5261-4831(編集)
www.futabasha.co.jp
(双葉社の書籍・コミックが買えます)
【印刷所】
大日本印刷株式会社
【製本所】
大日本印刷株式会社

【表紙・扉絵】南伸坊
【フォーマット・デザイン】日下潤一
【フォーマットデジタル印字】恒和プロセス

落丁・乱丁の場合は送料双葉社負担でお取り替えいたします。
「製作部」宛にお送りください。
ただし、古書店で購入したものについてはお取り替えできません。
[電話] 03-5261-4822(製作部)

定価はカバーに表示してあります。
本書のコピー、スキャン、デジタル化等の無断複製・転載は
著作権法上での例外を除き禁じられています。
本書を代行業者等の第三者に依頼してスキャンやデジタル化することは、
たとえ個人や家庭内での利用でも著作権法違反です。

ISBN978-4-575-51831-3 C0193
Printed in Japan

◆随時受け付け中◆

西村京太郎ファンクラブのご案内

会員特典（年会費2,200円）

◆オリジナル会員証の発行
◆西村京太郎記念館の入場料半額
◆年2回の会報誌の発行（4月・10月発行、情報満載です）
◆各種イベント、抽選会への参加
◆新刊、記念館展示物変更等のハガキでのお知らせ（不定期）
◆ほか楽しい企画考案予定

入会のご案内

■郵便局に備え付けの郵便為替振込金受領証にて、年会費2,200円をお振込みください。

口座番号　00230-8-17343
加入者名　西村京太郎事務局

＊振込取扱票の通信欄に以下の項目をご記入下さい。
1.氏名（フリガナ）
2.郵便番号（必ず7桁でご記入ください）
3.住所（フリガナ・必ず都道府県名からご記入ください）
4.生年月日（19××年××月××日）
5.年齢　6.性別　7.電話番号
■受領証は大切に保管してください。
■会員の登録には約1ヶ月ほどかかります。
■特典等の発送は会員登録完了後になります。

お問い合わせ

西村京太郎記念館事務局
TEL 0465-63-1599
＊お申し込みは郵便為替振込金受領証のみとします。
メール、電話での受付は一切いたしません。

西村京太郎ホームページ
http://www.4.i-younet.ne.jp/~ kyotaro/

十津川警部、湯河原に事件です

Nisimura Kyotaro Museum

西村京太郎記念館

■［1階］茶房にしむら
サイン入りカップをお持ち帰りできる京太郎コーヒーや、ケーキ、軽食がございます。

■［2階］展示ルーム
見る、聞く、感じるミステリー劇場。小説を飛び出した三次元の最新作で、西村京太郎の新たな魅力を徹底解明!!

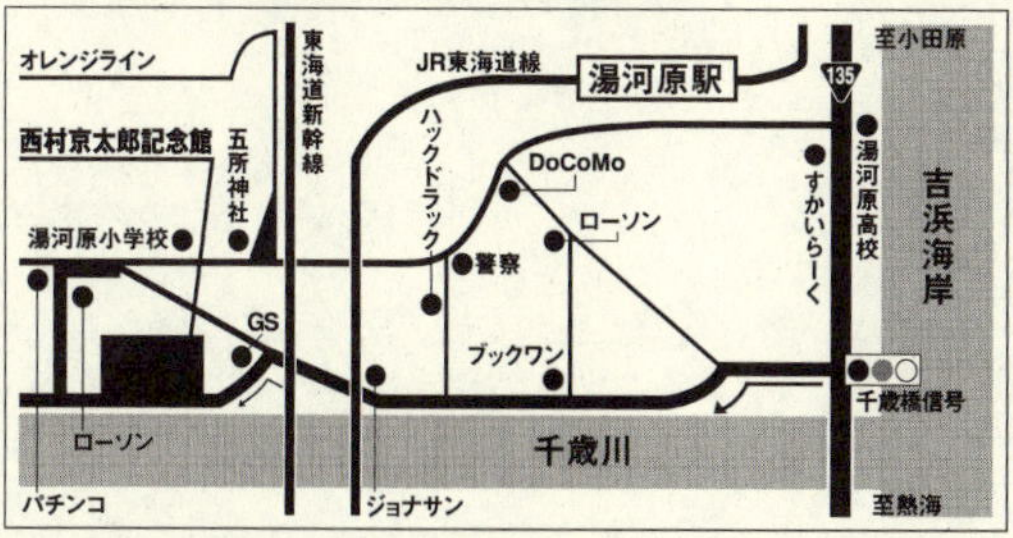

■交通のご案内■
※国道135号線の千歳橋信号を曲がり千歳川沿いを走って頂き、途中の新幹線の線路下もくぐり抜けて、ひたすら川沿いを走って頂くと右側に記念館が見えます
※湯河原駅よりタクシーではワンメーターです
※湯河原駅改札口すぐ前のバスに乗り［湯河原小学校前］（160円）で下車し、バス停からバスと同じ方向へ歩くとパチンコ店があり、パチンコ店の立体駐車場を通って川沿いの道路に出たら川を下るように歩いて頂くと記念館が見えます。

●入 館 料　820円（一般・ワンドリンクつき）
　　　　　　310円（中高大学生）・100円（小学生）
●開館時間　AM9:00～PM4:00（見学はPM4:30迄）
●休 館 日　毎週水曜日（水曜日が休日となるときはその翌日）

〒259-0314　神奈川県湯河原町宮上42-29
TEL 0465-63-1599　FAX 0465-63-1602

西村京太郎ホームページ
http://www.4.i-younet.ne.jp/~ kyotaro/